G. Cless

Über Luft im Blute

Anatiposi

G. Cless

Über Luft im Blute

Unveränderter Nachdruck der Originalausgabe von 1854.

1. Auflage 2023 | ISBN: 978-3-38201-926-6

Anatiposi Verlag ist ein Imprint der Outlook Verlagsgesellschaft mbH.

Verlag: Outlook Verlag GmbH, Zeilweg 44, 60439 Frankfurt, Deutschland
Vertretungsberechtigt: E. Roepke, Zeilweg 44, 60439 Frankfurt, Deutschland
Druck: Books on Demand GmbH, In de Tarpen 42, 22848 Norderstedt, Deutschland

ÜBER

LUFT IM BLUTE

IN PATHOLOGISCHER BEZIEHUNG.

Von

Dr. G. CLESS,

praktischem Arzte in Stuttgart.

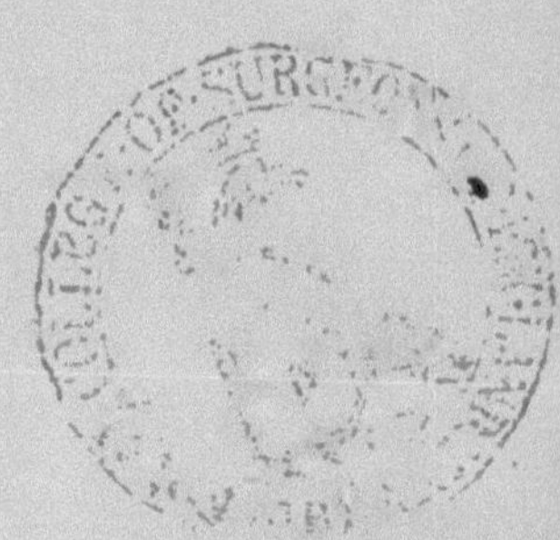

STUTTGART.

VERLAG VON EBNER & SEUBERT.

1854.

VORWORT.

Vorstehende Abhandlung betrifft einen Gegenstand dem nicht
sowohl wegen seiner Seltenheit als wegen der noch vielfach dunklen
Natur des Vorganges selbst ein namhaftes pathologisches Interesse
nicht abgesprochen und der unter Umständen auch für die forensische
Medicin von Bedeutung werden kann. Der Verfasser, dem die Gunst
des Zufalls die eigene Beobachtung zweier hieher gehöriger Fälle zu-
führte, fand in diesem Umstand gewissermaassen eine Verpflichtung
seinen Kollegen und der Wissenschaft hierüber Mittheilung und Rechen-
schaft abzulegen. Die kleine hieraus entstandene Schrift ist in der Art
gehalten dass sie den eigenen Entwicklungsgang des Verfassers in dem
gegebenen Vorwurfe darstellt. Auf diesem Wege ihm zu folgen und
schliesslich vielleicht auch seine Ueberzeugung mit ihm zu theilen,
sind die Leser freundlichst eingeladen.

Stuttgart, am Neujahrstage 1854.

Der Verfasser.

Erster Fall.

Am 29. Juli 1851 trat in das Katharinen-Hospital zu Stuttgart eine Kranke ein, mit Namen Johanne Weingart. Sie war Dienstmagd in einem hiesigen Privathause, 21 Jahre alt, von mittlerer Grösse, vollem und kräftigem, proportionirtem Körperbau und, ausser einer Neigung zu Gesichtsrothlauf von dem sie schon mehrmals befallen worden, bis dahin stets gesund gewesen. Sie bot, frisch erkrankt, nachdem sie sich erst seit ein paar Tagen etwas unwohl gefühlt hatte, bei ihrem Eintritt die Erscheinungen eines gastrischen Fiebers mittleren Grades dar; neben dem Gastricismus war auch noch etwas Husten vorhanden. Sie erhielt eine Mixtur mit Salpeter und wenig Brechweinstein. Am zweiten Tag nach ihrem Eintritt erschien rechtzeitig die Menstruation und dauerte drei Tage lang. In dieser Zeit hatten bereits das Fieber und die übrigen Krankheitserscheinungen sich merklich vermindert, der Husten war verschwunden und mit Anfang der zweiten Woche der Krankheit zeigte sich im Fieber eine entschiedene Hinneigung zum intermittirenden Typus; der Paroxysmus begann Nachmittags mit Gähnen, vagen Schmerzen in den Gliedern und Frost, worauf mehrstündige Hize und Schweiss folgten, während sich dann am Morgen der Puls nahezu fieberfrei zeigte. Sie erhielt desshalb am 7. August schwefelsaures Chinin in Pulverform, zwei Gran alle zwei Stunden. Am 8. und 9. waren die abendlichen Fieberanfälle leichter und kürzer. In der Nacht vom 9. auf den 10., Morgens drei Uhr, verfiel die Kranke, die vorher ruhig geschlafen hatte, in einen Krampf mit Ausrecken der Arme und Beine, Bäumen des Rumpfes, stöhnendem Athem, ohne völligen Verlust des Bewusstseins. Der Krampf dauerte etwa eine Viertelstunde, nachher kam etwas Schaudern, Hize und Sehweiss, und eine Stunde darauf einmaliges galliges Erbrechen mit welchem auch ein Spulwurm ausgeworfen wurde. Die Kranke war am Morgen etwas matt und ihre Zunge stärker belegt; sie behauptete noch nie einen derartigen Anfall gehabt zu haben, hatte auch bis jezt nichts von hysterischer Anlage verrathen, keine unruhige, ängstliche oder aufgeregte Stimmung gezeigt. Der Tag und die darauf folgende Nacht verliefen ohne weiteren Anstoss; mit dem Chinin wurde fortgefahren. Am Morgen des 11. August sah ich selbst die Kranke zum ersten Male, wo ich in Abwesenheit meines Vaters, des dirigirenden Hospitalarztes, als dessen Stellvertreter die ärztliche Visite im Krankenhaus zu machen hatte. Durch den Assistenzarzt über den bisherigen Verlauf in Kenntniss gesezt, fand ich bei der Kranken den Puls nur wenig beschleunigt, überhaupt alle subjektiven und objektiven Erscheinungen einen leichten Krankheitsgrad andeutend; nur fiel mir der dicke, graulichweisse Zungenbeleg auf, wesshalb ich es für gerathen hielt das Chinin, während dessen viertägigem Gebrauche sich die Zunge eben wieder stärker belegt hatte, vorerst auszusezen und, um so mehr als den Tag zuvor keine Ausleerung erfolgt war, ein gewöhnliches Abführungsmittel, einen Aufguss von Sennesblättern mit Glaubersalz, zu interponiren. Es kamen darauf an diesem Tage noch drei Ausleerungen. Am Abend war von Frost und Fieberexacerbation kaum eine Spur zu bemerken. Die Nacht war ganz ruhig, nach der Kranken eigenem und ihrer Umgebung Zeugniss; am frühen Morgen kam noch einmal dünner Stuhlgang und bald darauf ein leichtes schleimiges Erbrechen. Ich war an diesem Morgen, den 12. August, verhindert das Hospital zu besuchen, der Assistenzarzt sah desshalb die Kranke allein; sie hatte ihr Frühstück vollständig und nicht ohne Appetit verzehrt und gab ihr Befinden als gut an; so lange sie zu Stuhl gegangen, habe sie etwas Schwindel empfunden, sonst war der Kopf frei, die Zunge weniger belegt als den Tag zuvor, seit dem Erbrechen kein Uebelsein mehr, Athem und Brust ganz frei, nur das Aussehen etwas erhizt und der Puls beschleunigter als sonst, gegen 100 Schläge in der Minute zählend, voll und weich. Sie wurde auf dieses vorerst ohne Arznei gelassen. Eine Viertelstunde nachdem der Arzt von ihr weggegangen, rief ihn die Wärterin schleunigst zu der Kranken zurück — er fand sie todt und hörte folgenden Bericht. Die neben ihr liegende Kranke hatte angefangen ein geistliches Lied vorzulesen, als sie an ihrer Nachbarin, die sich kurz zuvor noch natürlich und munter mit ihr unterhalten hatte, eine sonderbare, rasch abwendende Bewegung bemerkte und halb im Scherz zu ihr sagte, sie solle doch aufmerken, was da gelesen werde gehe sie auch an; in diesem Augenblick sieht sie aber, wie die Kranke sich krampfhaft dehnt, opisthotonusartig den Leib in die Höhe windet, ihr Hals sich auftreibt, sie noch einige Male nach Luft schnappt, hierauf einen langen Seufzer ausstösst und dann den Kopf sinken lässt — all' dies war das Werk von vielleicht zwei Minuten. Der augenblicklich herbeigeeilte Arzt fand sie ohne Lebenszeichen, die Finger zum Theil noch krampfhaft eingeschlagen, den Kopf auf die Brust herabgesunken, an den Lippen Spuren von schaumigem Speichel, das Gesicht nicht entstellt, nicht aufgedunsen, mit dem ruhigen Ausdruck einer Schlafenden, nur an einzelnen Stellen desselben ein livider bläulicher Anflug. *)

Den 13. August, Nachmittags, 30 Stunden nach dem Tode, nahmen wir die Leichenöffnung vor. Es war sehr heisses Wetter; doch fanden sich an der äusseren Oberfläche der Leiche, ausser mässigen Todtenflecken auf dem Rücken, keine Missfärbungen, keine Gasentwicklung, kein Aufgetriebensein des Bauches, kurz keine Anzeigen vorgeschrittener Fäulniss. Das sorgfältig durch-

---

*) Dass ich im Stande war die Krankengeschichte so im Detail, wie es hier geschehen, zu geben, verdanke ich der Gefälligkeit und dem Eifer des damaligen Assistenzarztes, Herrn Dr. Stoll, der, obschon diese Kranke unter den zahlreichen seiner Beobachtung übergebenen Fällen wegen ihrer scheinbar leichten Erkrankung keine besondere Aufmerksamkeit auf sich zog, doch dem Verlaufe der Krankheit wegen des Ueberganges des Fiebers zum intermittirenden Typus specielle Beachtung geschenkt und desshalb auch die betreffenden Notizen darüber in sein Tagebuch aufgezeichnet hatte.

- suchte Gehirn mit seinen Umhüllungen und Ventrikeln erschien in jeder Beziehung normal; in den Venen der Pia mater auf der Oberfläche der grossen Hemisphären war nichts von Luftblasen zu bemerken. In den Pleurahöhlen kein Erguss; beide Lungen nach vorn und oben etwas emphysematös, trocken (Zellenemphysem, kein interstitielles); in den hintersten und untersten Parthieen aber fanden sich einzelne kleine hypostatisch verdichtete Strecken: ihre Oberfläche etwas eingesunken, die Färbung schwarzblau, das Gewebe fest, fleischig, nicht knisternd, die Schnittflächen glatt, nicht granulirt — ganz so wie man es vorzugsweise beim Typhus in der Mehrzahl seiner Leichen antrifft, aber nach Ausbreitung und Grad noch gering, offenbar erst in der Entstehung, in der Entwicklung aus dem Zustand einfacher Stase heraus begriffen, so dass auch kleine, aus den verdichteten Parthieen ausgeschnittene Stückchen im Wassser noch schwammen. Die übrigen, an dieser Veränderung nicht betheiligten Parthieen der unteren Lungenlappen waren gesund, von mittlerem Blutgehalte. Nirgends war an den Lungen eine Spur von Fäulniss zu bemerken. — Der Herzbeutel enthielt nur eine kleine Menge Serum. An dem durch Eröffnung seines Beutels blosgelegten Herzen fiel mir auf den ersten Blick die starke ungewöhnliche Wölbung, die kuglig aufgetriebene Gestalt der vorliegenden rechten Hälfte auf. In demselben Moment schnitt der secirende Wundarzt den rechten Ventrikel an, und unter einem allen Anwesenden vernehmbaren zischenden Geräusche entwich Luft aus demselben, gerade wie beim ersten Anstich eines Pneumothorax oder eines tympanitisch aufgetriebenen Darmes. Der vorher so stark gewölbte Ventrikel war nunmehr zusammengesunken, und nachdem er vollständig aufgeschnitten, fand sich in ihm und dem Vorhof eine mässige Menge Blutes, theils in Cruor-, theils in ziemlich derben Faserstoffgerinnseln, die sich in die Lungenarterie hinein fortsezten, neben wenig flüssigem Blute; das Endocardium war stark dunkelroth imbibirt. Der linke Ventrikel offenbarte nichts von jenen Anzeigen einer Luftauftreibung wie der rechte; das in ihm neben Faserstoffgerinnseln enthaltene flüssige Blut aber hatte einige kleine

Luftblasen, was bei dem Blute im rechten Ventrikel nicht der
Fall gewesen war. Das Endocardium der linken Herzhälfte war
gleichfalls stark imbibirt. Das Herz zeigte im Uebrigen eine
durchaus normale Beschaffenheit; insbesondere waren seine Wandungen nicht welk, nicht missfarbig oder mürb, es war nirgends
Emphysembildung vorhanden, kurz keine Spur von Fäulniss;
in den Blutgefässen des Herzens selber fand sich keine Luft.
Auch wo sonst der Blutinhalt der Gefässe untersucht wurde,
sei es in ihrer Ausbreitung auf den Häuten, sei es in den
grösseren Gefässstämmen oder in dem aus den Schnittflächen
der parenchymatösen Organe ausfliessenden Blute, nirgends
zeigte sich in demselben eine Luftbeimischung, mit einziger
Ausnahme der Leber, aus deren Schnittfläche an einzelnen
Stellen ein etwas schaumiges Blut hervorquoll. — Die Peritonealhöhle war durchaus normal beschaffen, und wie der Bauch
von aussen keine Zeichen von Fäulniss dargeboten hatte, so
war dies auch in seinem Inneren der Fall. Die Leber war
gesund, von mittlerem Gehalte an Blut, das, wie oben erwähnt,
zum Theil etwas schaumig auslief. Die Milz mindestens um
die Hälfte vergrössert, von schwarzrother Farbe und erweicht.
Der Magen enthielt wenig Luft, aber viel Flüssigkeit, Reste
des kurz vor dem Tode genossenen Frühstückes. Die ganze
Magenschleimhaut war gleichmässig intens geröthet, hellroth mit
einem Stich in's Bräunliche, und mit einer Schichte zähen
röthlichgrauen Schleimes bedeckt. In ähnlicher Weise verhielt
sich die Schleimhaut des Jejunum, nur war die Röthe blässer.
Noch blässer, doch immer noch von dem normalen blassgelben
Aussehen abweichend, war sie im Ileum; im lezteren waren
aber die Schleimfollikel knötchenartig aufgetrieben, so dass die
Schleimhautfläche wie mit kleinen Körnern bestreut sich ansah
und anfühlte. Ausserdem waren die Peyer'schen Drüsenplatten
im unteren Theile des Grimmdarmes nicht eigentlich infiltrirt,
aber doch etwas geschwellt, viel deutlicher als sonst hervortretend, ihre schwärzliche Punktirung und die nezförmig ge-
stellten Gruben auf ihrer Oberfläche viel stärker markirt als
im normalen Zustande. Ein paar Zoll über der Grimmdarm-

klappe erschien eine dieser Platten stärker gehoben als die anderen und von dunkler, gerade auf den Umfang dieser Plaque beschränkter Röthe. Unmittelbar über der Klappe aber war die ganze Fläche von unregelmässigen, leicht aufgeworfenen, graulich gefärbten und punktirten Wülsten und Erhabenheiten durchzogen. Ueberdies fand sich im ganzen Lauf des Dünndarms, vorzugsweise aber im Grimmdarm, eine grosse Menge knäuelartig zusammengeballter Spulwürmer. (Beim ersten Erbrechen in der Krankheit war ja, wie erwähnt, auch ein solcher Wurm mit ausgebrochen worden.) Der Diekdarm bot nichts Abnormes dar; weder Dünn- noch Dickdarm waren meteoristisch aufgetrieben. Die Gekrösdrüsen zeigten sich normal, mit Ausnahme eines kleinen Paquetes derselben, das dem untersten Theile des Grimmdarmes entsprach: hier sassen 3 bis 4 etwas angeschwollene Drüsen beisammen, von denen die zwei grössten wie kleine Kirschen waren, eine dunkel violete Farbe und ein etwas mürbes Gewebe hatten. — Nieren, Gebärmutter und Eierstöcke waren normal. In einem der lezteren fand sich sehr deutlich das Corpus luteum von der lezten Menstruation.

Versuchen wir die Auslegung dieses Falles, so erweisen vor Allem die Erscheinungen während des Lebens wie der Sektionserfund unzweifelhaft das Vorhandensein eines hochgradigen Status gastricus, d. h., um nach modernem Zuschnitt zu sprechen, Katarrh und Hyperämie der Magenschleimhaut, zugleich die wesentlichen Elemente des typhösen Processes in sich schliessend, bezeichnet durch den Zustand der Darm- und Gekrösdrüsen, die Vergrösserung und Erweichung der Milz, die beginnende Splenisation in den Lungen. Es war ein aus einem gastrischen Fieber langsam entwickelter, noch in seinem ersten Stadium begriffener Typhus milderen Grades, wie ja auch beim Lebenden gastrisches Fieber und Typhus nur stadien- und gradweise aus einander gehen und der Praktiker keine bestimmte Gränze zwischen beiden festsezen kann. Die vorliegende Sektion war für mich dadurch nicht am wenigsten interessant und bemerkenswerth, dass sie die seltene Gelegenheit bot zur Beobachtung des anatomischen Verhaltens einer gastrisch-typhösen Darmaffektion in so frühem Stadium und so niederem Grade ihrer Entwicklung. — Nicht unbeachtet dürfen wir auch bei der Schäzung der verschiedenen Krankheitselemente die grosse Menge von Spulwürmern im Darmkanal lassen. Einer derselben war schon in der Krankheit ausgebrochen worden und wahrscheinlich die nächste Veranlassung des Erbrechens selbst, vielleicht auch des dem lezteren vorausgegangenen Krampfanfalles gewesen, wiewohl dieser auch noch eine andere Deutung zulässt (wovon später). Wir müssen diesen Würmern wohl jedenfalls einigen Antheil an dem anatomisch so stark ausgesprochenen Reizzustande des Darmkanales zuschreiben, sie als ein den ganzen Krankheitsprocess begünstigendes Moment, als eine verschlimmernde Komplikation betrachten.

Was aber den plözlichen, nach allen vorausgegangenen Erscheinungen so unerwarteten und überrasehenden Tod unserer Kranken betrifft, so gebe ich gern zu, dass man es sich hätte gefallen lassen müssen, wenn die Sektion gar keinen Aufschluss über die nächste Veranlassung jenes Todes geliefert hätte. Denn ich werde nicht der Einzige sein der sehon mehr als einmal, und insbesondere bei Fällen von schnellem Tod, den Secirtisch unbefriedigt und unaufgeklärt verlassen musste. Ueberdies ist gerade beim Typhus ein plözlicher und unerwarteter Tod bei scheinbar leichtem Verlaufe der Krankheit oder bereits eingetretener Besserung eben keine grosse Seltenheit, und ich erinnere mich mehrere Fälle dieser Art erlebt zu haben, wo die Sektion nichts als den gewöhnlichen Typhuserfund lieferte. Hier aber, im vorliegenden Falle, war es sehr natürlich, dass man nicht umhin konnte den plözlichen, sonst in keiner Weise motivirten Tod mit der höchst auffallenden, von mir bis dahin unter mehr als zwölfhundert Leichenöffnungen noch nie beobachteten Erscheinung von Luftansammlung im Herzen in Verbindung zu sezen.

Der hiebei nächst zu beseitigende Einwurf war der, ob jene Luftentwicklung nicht eine kadaverische Erscheinung, ein

Produkt der Fäulniss gewesen. Es darf nicht verschwiegen werden, dass die beiden Tage des Todes und der Leichenöffnung sehr heisse Sommertage waren. An demselben Tage, wo Nachmittags leztere im Krankenhause vorgenommen wurde, war ich Vormittags zu einer Sektion in der Stadt geladen; die Leiche des an einer akuten Tuberkulose Verstorbenen war gleichfalls etwa 30 Stunden liegen geblieben, wir fanden sie aber schon dermassen faul, durch ein über die ganze Körperoberfläche verbreitetes Fäulnissemphysem zu einer stinkenden unförmlichen Masse aufgetrieben, aus Nase, Mund und After Gase und Flüssigkeiten ausstossend, dass wir, minder aus Schonung gegen uns selbst denn aus schuldiger Rücksicht für die Hausbewohner, unverrichteter Dinge wieder abzogen. Der Vorgang wollte mir schon bange machen wegen der bevorstehenden Abendsektion, auf deren Ergebniss ich sehr begierig war; ich fürchtete, die Fäulniss möchte uns auch dort, wie hier, zuvorgekommen sein. Dem war aber glücklicher Weise nicht so. Weder an der Oberfläche des Körpers noch in seinem Inneren zeigten sich, wie schon erwähnt, irgend Spuren von angeseztem Fäulnissprocess, so dass, wollte man jene Gasansammlung im Herzen dennoch als ein Werk der Fäulniss ansehen, dieselbe jedenfalls ein mit dem Zustande des gesammten übrigen Körpers in Widerspruch stehendes, völlig vereinzeltes Produkt darstellte. Nun weiss ich wohl, dass die Fäulniss zuweilen eigenthümliche lokale Ausschreitungen in mancherlei Spielarten sich erlaubt. So habe ich selbst einmal, gerade in Bezug auf die durch Fäulniss erzeugte Luftentwicklung im Gefässsystem, einen ganz eigenthümlichen Fall beobachtet an einer gleichfalls vom hiesigen Katharinen-Hospitale gelieferten Typhusleiche: die Marksubstanz des ganzen Gehirns, des grossen wie des kleinen, erschien auf den Schnittflächen siebartig durchlöchert von einer Menge kleiner klaffender Oeffnungen, und wenn man mit dem Finger über die Fläche strich, so entwich unter knisterndem Gefühl und Geräusch Luft aus diesen Oeffnungen, die bei näherer Betrachtung nichts Anderes waren als die ausgedehnten, mit Luft gefüllten kleinen Blutgefässe der im Uebrigen durchaus normalen, keine

Spur von Fäulnisszersezung zeigenden Marksubstanz. In diesem Falle aber (dessen nähere Beschreibung im Württ. medicin. Correspondenzblatte Bd. XX. Nr. 34 sich findet) war die Fäulniss an der ganzen Leiche bereits in ungewöhnlichem Grade vorgeschritten, und namentlich war auch starke Luftentwicklung (Fäulnissemphysem) im Unterhautzellgewebe vorhanden; dagegen fand sich keine Spur von ähnlicher Gasentwicklung in den übrigen Theilen des Blutgefässsystemes. Was aber die uns hier beschäftigende Gasansammlung im Herzen betrifft, so sprach gegen ihre Auslegung als Fäulnissprodukt nicht nur die ganze sonstige Beschaffenheit der Leiche, sondern es war mir wenigstens diese Erscheinung als eine Wirkung der Fäulniss bis dahin gar nicht bekannt, obschon wer viele Sektionen macht, Gelegenheit hat neben den Krankheitsprodukten auch mit den freilich von lezteren oft schwer zu sondernden kadaverischen und Fäulnisserscheinungen am Organismus und seinen einzelnen Theilen vertraut zu werden. Dessgleichen erhielt ich von Kollegen, die als Gerichtsärzte schon manche Leichen in Fäulnissperioden, wie sie bei gewöhnlichen Sektionen nicht vorkommen, untersucht hatten, auf mein Befragen die Versicherung auch in solchen Leichen nie Luft im Herzen gefunden zu haben. — Nach allem diesem war ich mit mir dahin im Reinen, dass es sich hier um kein Erzeugniss der Leichenfäulniss, sondern um eine spontan noch während des Lebens entstandene Ansammlung von Gas im Herzen handle, mit welcher der plözliche Tod in Zusammenhang von Ursache und Wirkung zu sezen sei, und zwar ganz nach Analogie und unmittelbar sich anreihend an die Erscheinungen und Folgen des Eintrittes der äusseren Luft in den Kreislauf bei Operationen.

So weit war ich mit der Zurechtlegung und Analyse des vorliegenden Falles gekommen, ehe ich mich daran machte in der Literatur nach ähnlichen Fällen zu suchen, meine Beobachtung an die Beobachtungen Anderer anzureihen und überhaupt über den gegenwärtigen Stand der mit dieser Beobachtung zusammenhängenden Fragen in Wissenschaft und Literatur mich zu orientiren. Glücklicher Weise ging es mit diesen lange

Pausen machenden Nachforschungen so langsam, dass, ehe sie
zur Veröffentlichung bereit waren, mir die Gunst des Zufalls —
dessen Genius neben dem Genius epidemicus, dieser oft so dunkel
wie jener, eine Rolle in der Zufuhr der Krankheiten spielt —
noch einen zweiten ganz ähnlichen Fall zur Beobachtung brachte.
Es war wiederum August, gerade ein Jahr nach dem erst erzählten, als gleichfalls im Katharinen-Hospital folgender Fall
vorkam.

Zweiter Fall.

Louise Dautel, Magd, ein 14jähriges, noch unentwickel-
tes, im Uebrigen aber nicht schwächlich konstituirtes, bis dahin,
so weit die Nachrichten reichen, gesund gewesenes Mädchen,
war am 16. Juli 1852 ins Krankenhaus eingetreten mit einem
beginnenden Typhus, der ohne besondere Zufälle, ausser dass
die ihn begleitende Bronchitis sehr stark entwickelt war, als
Typhus mittleren Grades verlief. Patientin war Ende Juli's bereits
in entschiedener Besserung begriffen, zwar noch äusserst schwach,
aber mit freiem Sensorium, ruhigem Schlaf und erleichtertem
Allgemeingefühl, ermässigter Diarrhoe, beginnendem Feucht-
werden der Zunge, vermindertem Husten. In der Nacht vom
1. auf den 2. August, am 17. Tage nach ihrem Eintritt ins
Krankenhaus, hatte sie recht wohl geruht und dies am Morgen
selbst gerühmt; sie fühlte sich, dem entsprechend, an diesem
Morgen selbst auch ganz gut, war freundlich, ohne Spur von
Athembeschwerden oder sonstigen besonderen Zufällen. Um
7 Uhr Morgens stellte sich, wie häufig, etwas Hustenreiz ein,
sie hatte sich desshalb aufgerichtet, um nach dem Spucknapf,
der auf dem Tische neben dem Bette stand, zu greifen. Wie
sie sich aber nach diesem hinüberbeugt, sinkt sie mit dem Kopf
auf den Rand des Tisches, athmet sehr schwer und angestrengt,
wird blauroth im Gesicht, streckt Arme und Finger krampfhaft
aus und sinkt, ehe Hülfe herbeikommt, todt zusammen. Der
ganze Vorgang hatte, nach der Aussage der Augenzeugen, nicht
länger als 1 bis 2 Minuten gedauert.

Leichenöffnung, 26 Stunden nach dem Tod, und zwar bei nur mässig warmer Sommerwitterung. An der Leiche einige Todtenflecken auf dem Rücken, im Uebrigen keine Spur von Fäulniss. — In mehreren Venen der pia mater auf der Oberfläche der beiden grossen Hirnhemisphären perlschnurartig aneinander gereihte Luftbläschen, aber nicht anders als wie man dies sehr häufig bei den verschiedensten Sektionen findet, so dass ich auf diese Erscheinung, wie ich schon hier bemerke, gar keinen Werth lege. Im Sinus longitudinalis flüssiges Blut ohne Luftblasen. Im Uebrigen das Gehirn mit seinen Häuten normal. — Der wundärztliche Gehülfe, welcher die Sektion vor dem Eintritt der Aerzte vorbereitete, hatte bei Wegnahme des Brustbeins, am linken oberen Ende desselben, aus den daselbst durchschnittenen Venen alsbald zahlreiche und grosse Luftblasen hervordringen gesehen und dies als eine auffallende Erscheinung, ohne zuvor je auf irgend etwas der Art durch einen Dritten aufmerksam gemacht worden zu sein, alsbald berichtet. Es hatte sich in dieser Gegend, die unterdessen unberührt geblieben war, bei der Sektion aber auf den Bericht des Wundarztes hin natürlich zuerst untersucht wurde, eine Lache flüssigen Blutes angesammelt, und auch jezt noch drangen daselbst, auf leichten Druck mit dem Behufs der Entfernung des Blutes angewendeten Schwamm, zahlreiche grössere und kleinere Luftblasen hervor. Es wurde nun zuerst vorsichtig der Herzbeutel geöffnet, wo sodann der vorliegende rechte Herzventrikel stark gewölbt und blasenartig aufgetrieben sich zeigte, dessgleichen auch wie eine mit Luft gefüllte Blase sich anfühlte. Auf einen Einstich mit dem Skalpell in diesen Ventrikel entwich die Luft diesmal nicht, wie im vorigen Fall, mit einem zischenden Geräusch — dazu war wohl die Spannung zu schwach, da ein Theil der Luft schon aus den angeschnittenen Venen ihren Ausweg gefunden hatte —; aber nachdem der Stich zu einem halbzolllangen Schnitt erweitert war, sank der Ventrikel, ohne dass ein Tropfen Blut ausgeflossen wäre, zu einem matschen leeren Sack zusammen. In seiner Höhle, so wie in der des Vorhofes war nur wenig, aber durchaus flüssiges, braunrothes, mit grossen und kleinen Luftblasen vermischtes Blut. Im linken Ventrikel, der keine Auftreibung zeigte, war gleichfalls flüssiges Blut, aber ohne Luftblasen, dessgleichen in der Aorta. (In der ganzen Leiche wurde überhaupt nicht das kleinste Blutgerinnsel gefunden, alles Blut war flüssig.) Im Uebrigen war das Herz normal, auch auffallender Weise, troz des flüssigen Blutes, keine Färbung oder Imbibition seiner inneren Membran sowie der der Aorta vorhanden. Bei Durchschneidung der Lungenvenen zeigte sich kein Luftgehalt in ihrem Blute. Beide Lungen hatten an ihrer Spize eine eingezogene derbe, schwärzlich gefärbte Narbe, unter welcher in beiden ein etwa wallnussgrosses Nest hirsekorn- bis linsengrosser, graulich weisser, trockener, an einzelnen Stellen schon in beginnender Verkreidung befindlicher Tuberkel, eingebettet in die bekannte feste schwarze Masse, sich befand. In den übrigen Theilen der Lungen keine weiteren Tuberkel mehr; in den Bronchien viel dicker eiterartiger Schleim, ihre Schleimhaut dunkel geröthet; in den hinteren Lungenlappen etwas Blutüberfüllung, aber keine Verdichtung. — Die Leber ungewöhnlich gross, doch ohne erkennbare Abnormität in ihrem Gewebe; das auf den Schnittflächen und aus den Oeffnungen der Lebervenen auf Druck ausfliessende Blut aber führte allenthalben grössere und kleinere Luftblasen mit sich. Die Milz vergrössert, schwarzroth, erweicht, eine ächte Typhusmilz. Der Darmkanal mässig von Luft aufgetrieben; im unteren Theile des Dünndarms zahlreiche mässig infiltrirte Peyer'sche Platten und Brunn'sche Drüsen von schwärzlichgrauer schieferartiger Färbung, einzelne derselben mit kleinen, flachen, völlig gereinigten, sichtlich in der Rückbildung begriffenen Geschwüren; ausserdem fanden sich auch noch zahlreiche Spulwürmer im Dünndarm; einige Gekrösdrüsen, dem unteren Grimmdarm entsprechend, waren angeschwollen. Nieren normal. Gebärmutter und Eierstöcke noch von völlig kindlicher Bildung, erstere in ihrem Körper nicht dicker als ein kleiner Finger; der Zustand der inneren Genitalien entsprechend dem Mangel der äusseren Zeichen der Pubertät. Ausser der Leber fand sich in keinem Organ Luft dem Blute beigemischt; leider war die besondere Untersuchung des Blutes in

der oberen und unteren Hohlader versäumt worden; der Luftgehalt des Blutes aber im rechten Herzen sowohl als in den
Hals- und Lebervenen lässt auf die gleiche Beschaffenheit in
jenen beiden Zwischenstationen schliessen. — Von beginnender
Fäulniss war im Innern der Leiche ebensowenig als auf ihrer
äusseren Oberfläche irgend eine Spur vorhanden.

Ehe ich in der Untersuchung des durch · diese beiden Fälle
angeregten Gegenstandes weiter vorgehe, will ich denselben noch
einen dritten anreihen, welchen ich der gefälligen Mittheilung
eines meiner Stuttgarter Kollegen verdanke. Ich hatte nämlich,
kurz nach Beobachtuug des ersten Falles, in einer Versammlung
hiesiger Aerzte, die regelmässig zu gegenseitiger ungezwungener
Mittheilung von Erlerntem und Erlebtem sich vereinigen, die
Geschichte desselben einfach erzählt. Der Vorfall war Allen
neu, Keiner erinnerte sich je etwas Aehnliches beobachtet zu
haben, und nur eines Falles wurde erwähnt, erst vor ein
paar Monaten in hiesiger Stadt vorgekommen, wo dem Ver-
nehmen nach gleichfalls Luft im Herzen gefunden worden sei.
Derselbe gehörte Herrn Dr. Hedinger an, eiuem sehr viel-
beschäftigten hiesigen Praktiker, welcher auf meine Bitte die
Gefälligkeit hatte die Geschichte des von ihm beobachteten
Falles mir schriftlich mitzutheilen und zu beliebiger Benützung
zu überlassen. Obschon dieser Fall von den hier in Rede
stehenden manches Abweichende hat und in eine ganz andere
Kategorie als diese zu gehören scheint (wovon später), so mag
ich doch die Mittheilung desselben nicht unterlassen, die ich
in Folgendem wörtlich, wie ich sie von dem beobachtenden
Arzte erhalten habe, wiedergebe.

Dritter Fall.

Frau H., 34 Jahre alt, seit zwei Jahren an tuberkulöser
Phthisis leidend, befand sich seit dem Eintritt der warmen Früh-
lingswitterung in einem erträglichen Zustande; Husten, Auswurf
und Dyspnöe waren vermindert, Appetit gebessert, die Kräfte

im Zunehmen begriffen, der Fieberzustand war günstiger geworden — als ohne nachweisbare Veranlassung im Mai 1851 eines Abends spät ein Erstiekungsanfall sie befiel, welcher sie nöthigte sich vom Bette zu erheben, um an das Fenster zu eilen; dort sank sie nach einigen Minuten ohnmächtig zusammen und wurde sofort wieder ins Bett gebracht, wo nach Verfluss von drei bis vier Minuten der Erstiekungsanfall sich wiederholte und ebenso lang als der erste dauerte. Mit Nachlass desselben konnte sie jedoch nicht mehr sich auf den Rücken legen, musste im Bett aufrecht sizen, wurde bewusstlos, bekam starre Augen, spizige Nase, blasse Gesichtsfarbe, und schon nach fünf Minuten kehrte derselbe Anfall zum dritten Male wieder, dauerte einige Minuten lang, bis die Kranke unter Steigerung der Athemnoth den Geist aufgab.

Die Sektion ergab eine Vergrösserung und stärkere Wölbung der linken Brusthälfte, aus deren Höhle beim Einschneiden ein starker Luftstrom entwich; die entsprechende Lunge war in den hinteren Theil des Pleurasackes zurückgedrängt und zusammengedrückt, und bei näherer Untersuchung fand man am oberen Lappen derselben ein auf der Oberfläche befindliches, nach aussen geöffnetes Tuberkelgeschwür, ähnlich einem geöffneten und entleerten Furunkel; die Höhle des Geschwüres war von der Grösse einer kleinen Haselnuss. Die linke wie die rechte Lunge waren durchsät von Tuberkeln in den verschiedensten Stufen ihrer Entwicklung. — Das Herz war stark gegen die rechte Brusthälfte hingedrängt und auffallend hervorragend, die linke Hälfte desselben insbesondere stark ausgedehnt, und beim Durchschneiden des linken Ventrikels entleerte sich unter deutlichem Zischen ein geruchloser Luftstrom. Zeichen vorgeschrittener Fäulniss waren weder am Herzen noch an sonstigen Theilen der Leiche wahrnehmbar; auch waren sonst keine krankhaften Veränderungen am Herzen zu ersehen.

——— ———

Zur Aufklärung über den betreffenden Gegenstand suchte ich mich nun zunächst in den Handbüchern der Pathologie und pathologischen Anatomie Raths zu erholen. Wunderlich *) sagt darüber Folgendes: „Die Beobachtungen von Ansammlung von Gas im Herzbeutel oder in der Höhle des Herzens ohne eingetretene Fäulniss und ohne Eindringen der Luft durch Wunden von aussen oder von den Venen her sind höchst selten und von verdächtiger Glaubwürdigkeit." Er verweist dabei auf Otto's pathologische Anatomie, der nicht nur die sparsame Kasuistik gesammelt habe, sondern auch selbst mehrere Fälle von Luft im Herzbeutel und im Innern des Herzens gesehen haben wolle. Bei Otto aber findet sich an der angezogenen Stelle **), abgesehen von dem nicht hieher gehörigen Vorkommen von Luft im Herzbeutel, folgende Notiz: „Zuweilen findet man, ohne alle Spuren von Fäulniss im Körper, das Herz sehr von darin angesammelter Luft ausgedehnt." Er citirt kurz, nur mit Angabe der Büchertitel, einen Theil der betreffenden Literatur, und sezt dann hinzu: „ich beobachtete diese Erscheinung zweimal," leider ohne über seine zwei eigenen Beobachtungen irgend etwas Weiteres anzugeben. Erwähnung findet die Sache auch bei Lobstein ***), welcher gleichfalls einige der früher beobachteten Fälle aus der Literatur aufführt, ohne sie einer Kritik zu unterwerfen oder eigene Beobachtungen beizufügen; er bezeichnet die Sache nur als eine „bedeutungsvolle Erscheinung." Rokitansky †) spricht kurz von einer „Gasentbindung in der Gesammtblutmasse bei putrider Zersezung derselben," ohne anzugeben, ob dieselbe schon während des Lebens oder erst in der Leiche entstehe. Dessgleichen sagt Naumann: ††) „Gasarten bilden sich in den Venen wohl nur in Folge von

---

*) Handbuch der Pathologie und Therapie. Bd. III. (Stuttgart 1846) S. 123. — An einer andern Stelle in der zweiten Auflage dieses Buches Bd. II. (Stuttg. 1853), S. 464, heisst es: „Ob Gas in den Venen spontan ohne dass die Fäulniss begonnen hat, sich bilden könne, ist in hohem Grade zweifelhaft."

**) Pathologische Anatomie (Breslau 1830). Bd. I. S. 297 u. 299.

***) Lehrbuch der patholog. Anatomie, deutsch bearbeitet von Neurohr (Stuttgart 1835). Bd. II. S. 550—51.

†) Handbuch der patholog. Anatomie Bd. I. (Wien 1842). S. 462.

††) Handbuch der med. Klinik Bd. II. (Berlin 1830). S. 857.

Zersezung;" und **Puehelt:** *) „Die Luft, welche von Morgagni und Andern in den Venen gefunden wurde, wird gewöhnlieh für ein Produkt der Fäulniss gehalten, und wenn sie während des Lebens sehon zugegen war, so ist sie ohne Zweifel die Folge einer grossen Neigung des Blutes zur Zersezung."

Hierauf besehränkt sieh Alles was ich in den sogenannten Hand- und Lehrbüehern über meinen Gegenstand aufzufinden vermoehte, und naeh soleher magerer Abfertigung blieb mir niehts übrig als den Quellen selbst in der speeiellen Literatur naehzuforsehen, um auf diese Weise eine mögliehst vollständige Kasuistik und hiedureh vielleieht zugleieh einen Beitrag zu geben zur Sieherstellung des fragliehen Phänomens in der Pathologie und zur Förderung seiner dereinstigen weiteren Aufklärung. Ein so kleines Kapitelehen in dem Reiehe der gesammten Pathologie mein Thema bildet, so war doeh zum Zweeke der mir vorgesezten Bearbeitung desselben ein ziemlieher Aufwand von Literatur nöthig, dass ieh mieh vor Allem veranlasst sehe die Naehsieht meiner Leser alles Ernstes in Ansprueh zu nehmen, als ein in Quellenstudien und gelehrten Apparaten sehr ungeübter Autor, der überdies „inter taedia ae labores" eines zerstreuenden und zersplitternden Berufslebens der Musse und Sammlung, wie sie von einer literarisehen Arbeit heut zu Tage gefordert wird, oft sehmerzlieh entbehrt.‘

In Betreff der nun folgenden Zusammenstellung der einzelnen in der Literatur sieh vorfindenden Fälle erlaube ieh mir ferner die Bemerkung vorauszusehieken, dass ieh es, um dem Leser nieht sowohl meine subjektive Auffassung vorzutragen, sondern demselben die eigene Beurtheilung und Würdigung jedes einzelnen Falles möglieh zu maehen, für nothwendig eraehtet habe nicht blos, wo immer möglieh, aus der ursprüngliehen Quelle zu sehöpfen, sondern aueh den einzelnen Fall, nur mit Weglassung des ganz Unwesentlichen, in der Ausführliehkeit des Originals wieder zu geben. Mit dem bestimmten Zweek im Auge, musste

---

*) Das Venensystem in seinen krankhaften Verhältnissen (Leipzig 1818). S. 209.

ich auf diese Weise, zum Besten ihrer Vollständigkeit und Brauchbarkeit, den Umfang dieser Arbeit, mehr als mir selbst lieb war, erweitern.

Was endlich die in dem Folgenden enthaltenen literarischen Citate betrifft, so bemerke ich, dass ich, nach Vorgängen, alle diejenigen Schriften und Abhandlungen welche ich im Original selbst nachgelesen und verglichen habe, mit einem Sternchen (*) bezeichnen werde. Der Rest der unbesternten, aus dritter Hand entlehnten Citate, so wie was von der betreffenden Literatur ganz übersehen worden sein mag, wolle weniger der Bequemlichkeit und dem Mangel an gutem Willen des Autors als seiner Beschränktheit an literarischen Hülfsmitteln zur Last gelegt werden.

----

1) Die erste Beschreibung eines Falles von Luftansammlung im Herzen und Gefässsystem besizen wir von Joh. Nicol. Pechlin *), einem deutschen Arzte aus dem 17. Jahrhundert, der mit Auszeichnung unter den ersten Beförderern der pathologischen Anatomie genannt wird. Er gibt folgende Erzählung von seinem Falle:

„Vidi ante annos viginti quinque teste et arbitro Cel. Sylvio cadaver aperiri hominis a multis ventris doloribus pectorisque angustiis tandem oppressi, quem etsi jam ante ex flatibus laborasse conjiceremus, sectio tamen rem omnem manifeste docuit. Primum ergo, ut abdomen aperiebatur, erumpentes ingenti copia flatus cameram foedo atque impudico odore replevere. Intestina deinde omnia hic inde, ut fieri solet, turgidula deprehensa, ventriculus quin etiam totus utrem referebat, adeo ille erat extensus. Et vero perambulasse jam ventorum regionem videbamur, cum ad novum spectaculum magnitudo cordis vel duabus partibus naturali major curiosos avocaret; itaque qui polypum hic aut copiosos sanguinis grumos adfuturos credebamus, ventriculum utrumque omni cruore vacuum, sed a copioso flatu in immensum adauctum, deprehendimus, inprimis vero dextrum illum, utpote cujus cavitas mollisque paries viscosi flatus lusum facilius admitterent [oder vielmehr weil, wie wir sehen werden, die

----

*) *Observationum physico - medicarum libri tres. Hamburgi 1691.* — *Morgagni de sedibus et causis morborum (Venetiis 1762). Lib. I. Ep. 5, Art. 20, pag. 43.* — Mit dem obigen vollständigen Texte citirt von *Adelmann, Beiträge z. med. u. chirurg. Heilkunde Bd. III. (Riga 1851). S. 66.

Gasentwicklung vorzugsweise im Venenblute und die Ansammlung desshalb auch in der venösen Herzhälfte stattfindet], *ejusdem ventriculi auricula et ipsa multo flatu tumefacta sociam venam continuata flatuum serie insolitaque tensione luculente prodebat; quid quod toto corpore venae, etiam coronaria illa, passim flatibus distinctae mirificam succi purpurei fluidique aërei alternationem oculis ostenderent."*

2) „*Jo. Henricus Grätzius* *) *feminam commemorat misere demortuam ex continuis lipothymiis, angore et suffocationis anxietatibus, in cujus cordis cavitalibus ne guttula sanguinis deprehendebatur, sed illud totum flatu distentum conspiciebatur, tympanitidem cordis dixisses"* . . . .

3) „*Ruyschius* **) *in foemina quae subito ultimum diem obierat, se invenisse testatur cor stupendae magnitudinis ab aëre, quo plenum erat, absque ullo fere sanguine, id quod palam factum cuspide cutelli; ea enim adacta, tam subito subsidebat cor, ac vesica aëre repleta et cuspide cutelli attacta. Ruyschius inde mortuam eam mulierem censuit, quippe nimia aëris copia, in corde copulata, sanguinis aditum in cor praepediente."*

4) Von **Valsalva** ***) erzählt **Morgagni**: †)

„*Valsalvam memini dicere, in quodam cadavere sibi et venas omnes et cor aëre distenta occurrisse; verum neque id scriptum reliquit, nec, qua morte homo sublatus esset, memorabat."*

5) **Morgagni** ist der Erste, der in seinem berühmten Werke „*De sedibus et causis morborum per anatomen indagatis"* (erste Ausgabe zu Venedig im Jahr 1761) eine Zusammenstellung der bis dahin bekannt gewordenen Fälle liefert und dieselben einer allgemeinen Betrachtung unterwirft. Von ihm werden, wie wir oben gesehen haben, im 5. Briefe des 1. Buches, Art. 20, die vier erwähnten Beobachtungen von **Peehlin**, **Grätz**, **Ruysch** und **Valsalva** aufgeführt, und zwar aus Veranlassung der Mittheilung zweier von ihm selbst beobachteter Fälle,

---

*) *Disputatio de hydrope pericardii.* — ˙**Morgagni** l. c.

) *Responsio ad Vaterium in epistolam etc.* — *Opera omnia* 1737. — ˙Morgagni** l. c. — Friedrich **Ruysch** (1638 — 1731), Professor zu Amsterdam, bekannt durch seinen Eifer für die normale und pathologische Anatomie.

***) Antonia Maria **Valsalva** aus Imola (1666—1723), der Schüler **Malpighi**'s und sein Nachfolger im Lehramte zu Bologna, und der Lehrer **Morgagni**'s. (**Häser**, Lehrb. d. Gesch. d. Med. 2. Aufl. S. 653.

†) ˙**Morgagni** l. c.

welche ich hier ausführlich in ihrer Originalform wiedergebe, nicht weil ich ihnen einen besonderen Werth beimesse, der mir im Gegentheile sehr zweifelhaft erscheint, sondern weil es vorzüglich die Morgagni'schen Fälle sind, auf welche die verschiedenen Autoren zu verweisen lieben. Der erste wird folgender Maassen erzählt: *)

„*Aethiops erat Venetiis annos ad triginta natus, torosus et bene valens, nisi quod iis ultimis mensibus factus erat obnoxius languori cuidam ventriculi, levi cum sudore conjuncto, qui tamen languor cibo sumpto illico tollebatur. Is cum circa medium Quinctilem A. 1708 hilariter cum amicis versaretur, jentaculo* [d. h. Frühstück] — *nam matutinum erat tempus — jam usus, in eoque esset, ut stans tuba, sicuti facere solebat, cum ipsis caneret, sensim lenteque adeo retrorsum cecidit, ut amici factum id ludendi gratia fuissent facile credituri, nisi inter cadendum tremores quosdam totius trunci corporis animadvertissent. Homo autem eodem quo cadebat puncto temporis est mortuus. Secanti ut adessem a me, ut solitus erat, petiit Cl. Santorinus. Hora erat a morte circiter duodecima, cadaveris superiores artus subrigidos, collum, tanquam restitante sanguine, nigrius reliquo corpore, oculos quasi viventis animadvertimus. In ventre, si omentum excipias nimis breve, hepatis crepidinem ipsam livescentem, et lienis membranam in convexa facie certo quodam loco quasi tendineam factam eoque albicantem, omnia secundum naturam apparuerunt. Itaque nihil magis oculos moratum est nostros, quam vasa lactea quam plurima chylo distenta et nodosa, hinc multis radicibus tenuia intestina ferme usque ad oppositam ipsi mesenterio partem complectentia, inde vero hujus centrum versus tendentia, in quo praelongae magnaeque glandulae spectabantur. Thoracem reclusuri, cartilaginum quae costas cum sterno conjungunt insolitam, ea praesertim aetate, duritiem mirati sumus. Pulmones omnino sani, quamvis dexteri latus alicubi, sinistri vero suprema pars tota ad pleuram per membranea vincula annecteretur, intusque ambo paulo plus seri quam soleant continerent. In pericardio quoque aquae subturbidae copia aequo major. Cor tamen naturali firmitudine, in ejusque thalamis sanguis fluidus, qualis in magna etiam arteria et in pulmonari praecipue inventus est. Per illius externam faciem in thorace toto sanguifera vascula maxime conspicua. Cerebro denique retecto, sub tenui meningae aqua apparuit, quin etiam in lateralibus ventriculis, et in sinistro praesertim, aquae fuit plus quam secundum naturam solet; choroides tamen plexus suo colore et sine hydatidibus conspiciebatur, cerebrumque ipsum justa erat firmitudine. Vasa autem ipsius et sinus inania potius quam plena, quidquid habebant sanguinis, sine ulla vel minima concretione habebant; ut in*

---

*) Ep. 5, Art. 17, pag. 41.

toto hoc cadavere nusquam sanguinem nisi fluidum offenderimus. Sed nusquam nisi intra cranium id vidimus, cujus potissimum causa hanc tibi historiam describendam suscepi. Scilicet sanguifera vasa, supra callosum corpus traducta, aëre cum pauco sero intermixto distenta erant. Sic illa quoque arteria, quae per basim ducitur medullae oblongatae ex confluentibus vertebralibus orta et alia praeterea per superiorem cerebri superficiem vasa ab incluso aëre distenta pellucebant."

Der zweite Fall von Morgagni *) betrifft einen 40jährigen venetianischen Fischer, gross, mit einer Hernie behaftet, öfters an Unterleibsbeschwerden leidend (*ventris affectionibus flatulentis obnoxius*), und von solchen ergriffen auf seinem Schiffe plözlich gestorben, im Monat Oktober. Die Sektion ergab Gasauftreibung des Magens und der Därme, die gastroepiploischen Venen stark aufgetrieben; *„ipse gastroepiploicae truncus adeo tumidus fuit, ut ubique meum digitum indicem aequaret, sed vix incisus detumuit, multum enim aërem cum perpauco sanguine spumoso et nigro continebat."* Die im Bruchsack befindliche Darmschlinge war brandig, in der Peritonealhöhle selbst ein reichlicher Erguss von blutigem Serum. Der Herzbentel mit dem Herzen verwachsen, das Herz schlaff und gross, mit schwarzem, wenig geronnenem und schaumigem Blut in seinen Höhlen. Ueber den weit verbreiteten Luftgehalt im Gefässsystem heisst es dann weiter: *„Neque ulla fuit toto corpore vena, ubicunque inspeximus, quae nigro spumosoque sanguine distenta non esset, cujus et in magna arteria et in carotidibus per collum ascendentibus pauxillum fuit, truncus autem pulmonaris arteriae non eo tantum sed aëre quoque valde turgebat."* Die Lungen zeigten Spuren von Fäulniss; die Gefässe des Gehirns waren, bei sonst normaler Beschaffenheit des Gehirns, gleichfalls von schaumigem Blute ausgedehnt. Ausserdem fand sich Luftansammlung am Ursprung des Rückenmarks und eine grosse emphysematöse Geschwulst des Hodensacks, die noch während der Sektion allmälig gewachsen war. *„Eo autem citius — heisst es dann am Schlusse — absoluta haec sectio est, quod gangraenosus ventris foedor diutius ferri cum a nobis tum ab iis qui secantes adjuvabant, non potuit."*

In dem ersten Falle M's. hatte, wie wir sehen, nur in den Gefässen des Gehirns eine Luftansammlung stattgefunden, im zweiten Falle war diese Luftansammlung ausser den Gehirngefässen über einen grossen Theil des gesammten venösen wie arteriösen Gefässsystemes verbreitet; insofern aber in lezterem eine allgemein verbreitete, weit vorgeschrittene Fäulniss, insbesondere mit Gasentwicklung verbunden, vorhanden war, müssen wir denselben zum Mindesten unter die zweifelhaften rechnen.

---

*) Ep. 5, Art. 19, pag. 42.

M. jedoch ist geneigt, in diesen beiden Fällen das Hauptgewicht eben auf jene Luftansammlung in den Gefässen des Gehirns als die nächste Todesursache zu legen.

„Non praeter rationem me facturum existimo, si ab ejusdem sanguinis motu ob aëreas bullas impedito, quae tenuissimarum in ea parte arteriolarum angustias obsidebant earumque tunicas distendendo enervabant simulque initia nervorum premebant, apoplexiam subitamque illam mortem repetiero." [*)]

Er führt sodann zwei Fälle von **Brunner** [**)] an, wo dieser in den Leichen zweier apoplektisch Gestorbener die Venen des Gehirns von Luft ausgedehnt gefunden habe; dessgleichen den Fall von dem Professor der Anatomie in Göttingen, **Albrecht** [***)], der plözlich das Bewusstsein verloren hatte, soporös geworden und nach zwei Tagen gestorben war und bei dessen Sektion Luft in den Gefässen des Gehirns sich fand. In diesen drei Fällen seien noch andere (von ihm nicht näher angegebene) Veränderungen am Gehirn vorhanden gewesen, die man als die Ursachen der Apoplexie habe betrachten können, bei seinem Mohren und seinem Fischer aber habe sich ausser der Luft im Gehirn nichts Abnormes gefunden, noch weniger aber in einem von **Fabritius** [†)] berichteten Falle von einer Frau, welche, wie jener Mohr, zuvor ganz gesund gewesen und plözlich zusammengestürzt war.

„Ejus enim cadaver accurate, ut solet, persecans anatomicus clarissimus Phil. Conr. Fabritius, cum istius modi apoplexiae causam quaereret, non modo firmam, ut nos in illis duobus, cerebri substantiam offendit, sed ne guttam quidem seri nedum sanguinis effusam invenit, ut diserte confirmaverit, non omnem apoplexiam veram et celeri eventu funestam ab effuso sanguine aut sero aut ab illius in vasis cerebri congestione esse repetendam; quippe in ea foemina arteriis venisque cerebri et crassae meningis sinibus repertis sanguine quidem carentibus, sed aëre distentis."

Wir selbst aber wünschen die hier erwähnten Fälle von Luft in den Gefässen des Gehirns von den andern, in welchen die Luftansammlung im Herzen und den grossen Gefässen vorgefunden wurde, vorerst wohl zu unterscheiden und verweisen

---

[*)] Ep. 5, Art. 24, pag. 43.
[**)] *Sepulchretum l. I. S. 2. in Additam. Obs. 11 et 12.*
[***)] *Commercium literar. A. 1736. Hebd. 12. N. 1.*
[†)] *Propemptic. ad Dissert. Jo. Barth. Hoffmanni.*

hierüber auf -die spätere besondere Besprechung jener Erscheinung.

Diese fremden wie eigenen Kranken- und Sektionsgeschichten knüpft nun M. (Art. 21—23) an die schon damals bekannten Erscheinungen von **gewaltsamem Lufteinblasen in die Venen von Thieren** an, nach den Experimenten von **Wepfer, Brunner, van der Heydt** und **Camerarius**, und sagt dann am Schlusse:

„Quae sic ad eas, ut par est, transferas quas supra in medium attulimus observationes, humani videlicet cordis aëre pariter distenti, facere non poteris quin, ut illarum bestiarum, sic et eorum hominum mortem ad prohibitum cordis officium referas."

Endlich führt M. *) noch zwei Fälle an, den einen von **Mead**, den andern von **Brechtfeld**, wo in den Leichen an Hydrophobie Verstorbener das Herz (wenigstens nach der Deutung, welche M. dem Berichte der beiden Autoren gibt) von Luft ausgedehnt gefunden wurde. Freilich war in dem einen Falle, von **Mead**, eine bedeutende allgemeine Fäulniss der Leiche vorhanden (*„Gravissimus odor, pulmonum nigredo"*).

6) **Nysten** **), der zahlreiche Experimente über das gewaltsame Lufteinblasen in die Venen von Thieren anstellte und diesen Gegenstand zu voller Aufklärung brachte, führt als Seitenstück zu seinen Experimenten, gerade wie dies schon **Morgagni** gethan, die ihm bekannt gewordenen Fälle von spontaner Luftentwicklung im Herzen bei Menschen an: in erster Linie die oben erwähnten Beobachtungen von **Pechlin, Grätz** und **Ruysch** und sodann einen neuen von Dr. **De Jaer** im Hôp. Cochin zu Paris beobachteten und von lezterem ihm mitgetheilten Fall, der in wörtlicher Uebersezung also lautet:

Ein 45jähriger, sehr beleibter Schuster litt seit seinem 30. Jahre an einem konvulsivischen Asthma. Sein Athem war gewöhnlich etwas kurz, besonders wenn der Kranke sich Bewegung machte, eine Treppe stieg und dergl. Sechs bis siebenmal im Jahr bekam er einen heftigen Anfall von Asthma, meist ohne alle Vorboten; der Athem wurde dann sehr beschleunigt und mühsam, es kam Herzklopfen, begleitet von einem heftigen Brausen

---

*) Ep. 8, Art. 24.

**) *Recherches de physiologie et de chimie pathologiques. Paris 1811.*

(*bruissement violent*) in der Gegend des Herzens, der Puls war beschlennigt, unregelmässig und aussezend, das Gesicht geröthet und aufgeregt, die Angen glänzend und hervortretend. Dieser Zustaud dauerte oft mehrere Tage nnd besserte sich dann allmälig; die gehemmte Respiration aber, das Herzklopfen und die Unregelmässigkeit des Pulses verzogen sich noch eine Zcit lang. Als wieder einmal ein solcher Anfall begann, wurde der Kranke ins Hôpital Cochin gebracht und starb daselbst am dritten Tag. Die Leiche wurde zwölf Stunden nach dem Tode geöffnet und war noch ziemlich warm. Der Aorten-ventrikel nnd das Arteriensystem enthielten kein Blut; aber der rechte Ven-trikel und das rechte Herzohr, so wie das ganze Venensystem waren strozeud angefüllt theils mit Blut theils mit einer grossen Menge Gas, das iu grossen Blasen aus den gemachten Oeffnungen der Venen und des Herzens hervor-drang und das Blnt schaumig machte. Alle Organe wurden iu normalem Znstaude gefunden, das Muskelfleisch sehr fest und roth.

Schon vor dieser interessanten Beobachtung, erzählt N. weiter, habe De Jaer mehrere Male eine erhebliche Menge Gas im rechten Ventrikel und Herzohr bei Personen, die am convulsivischen Asthma gestorben waren, gefunden, ohne sonst-ige organische Veränderungen. Weil aber die Leichenöffnung immer erst 24 Stunden nach dem Tode gemacht wurde, so habe er angenommen, jene Erscheinung sei der Krankheit selbst fremd und erst nach dem Tode entstanden; dies habe ihn veranlasst bei dem lezten Falle viel früher zur Sektion zu schreiten.

Er sei ohne Zweifel — fährt N. fort — nicht berechtigt hieraus den Schluss zu ziehen, dass alle „essentiellen" Asthma von einer Gasentbindung im Gefässsystem herrühren; aber er habe die Ueberzeugung, dass man beim Auflegen des Ohres auf die Herzgegend leicht diejenigen Fälle die wirklich davon herrühren, an einem eigenthümlichen Geräusche, wie er es bei seinen Experimenten mit Lufteinblasen bei Thieren gefunden hatte, unterscheiden könnte. In solchem Falle wäre es dann von grossem Vortheil, gleich im Beginn des Anfalles zur Ader-lässe zu schreiten und eine grosse Oeffnung in die Vene zu machen; wenn auch nur Blut herauskäme, so würde die Ader-lässe durch Verminderung der durch das Gas veranlassten Ple-thora nothwendig eine grosse Erleichterung hervorbringen, nach dem Vorgang dessen was N. bei seinen Experimenten an Thieren erfahren hatte. Ohne Zweifel, meint er, waren es ähnliche Fälle, wenn da und dort berichtet wird, dass man bei einer Aderlässe Luftblasen mit dem Blut aus der Vene habe herauskommen sehen. Diese Beobachtung sei vor zwei Jahrhunderten von Joubert *) gemacht worden, der sich also ausdrücke: „*J'ai ouï plus d'une fois sortir du vent aussitôt que la veine était ouverte, laquelle n'ayant vidé guères de sang était bien désenflée.*“ Mehrere Männer vom Fach haben, seit Joubert, dasselbe Phänomen beobachtet, und neuestens erst habe der Professor Peyrilhe in seinen Vorlesungen über *Materia medica* an der Pariser Hochschule erzählt, zu wiederholten Malen bei Aderlässen Luftblasen mit dem Blute hervortreten gesehen zu haben, wobei er versicherte, dass in diesen Fällen der Kranke von der Aderlässe viel mehr Erleichterung erfahren habe als von einer gewöhnlichen Aderlässe, selbst wenn nur eine kleine Menge Blutes entleert worden sei. — Diese Thatsachen stimmen, sagt N., vollkommen mit den Ergebnissen meiner Experimente überein.

7) Testa **) sah in den Leichen zweier Personen, welche an Herzklopfen gestorben waren, die Herzhöhlen blutleer, aber mit Luft gefüllt. (Freilich ein magerer Bericht!)

8) Professor Celle von Parma ***) berichtet von einem Manne, der an Rheumatismus, Dysurie, Koliken, Verstopfung, Erbrechen einer ölartigen Materie litt, an vollständiger Paralyse der unteren Extremitäten und der Därme, an brandigen Geschwüren des Heiligenbeins und der Rippen starb und vor seinem Tode einen krankhaft gesteigerten Appetit und Wuthanfälle gehabt hatte. Bei der Sektion fand man die untere Hohlader durchaus blutleer, aber mit einem elastischen, dieses Gefäss bis zur Grösse eines Darms ausdehnenden Gase erfüllt.

---

*) *Annoations sur la chirurgie de Guy de Chauliac. Rouen, 1615. Annot. sur le traité de la phlébotomie,* S. 260 u. 261.

**) Ueber die Krankheiten des Herzens. A. d. Ital. von Sprengel. I. Thl. S. 120. — S. 'Adelmann, a. a. O. S. 68 u. 'Lobstein, pathol. Anat. II, S. 551.

***) Neues Journal der ausläud. med.-chirurg. Literatur von Nasse und Harless. Bd. 10. Hft. 1. — S. 'Adelmann, a. a. O. S. 68 u. 'Lobstein, a. a. O. S. 551.

Dieses Gas brannte mit blauer Flamme und ohne einen Geruch zu verbreiten, was zur Vermuthung Anlass gab, dass es Wasserstoff war. Die Leber enthielt ein ähnliches Gas. (Ich hätte diesen, wenigstens in dem vorliegenden Auszug, an äusserst mangelhafter und ungenügender Darstellung leidenden und desshalb auch keinerlei sichere Verwerthung gestattenden Fall hier gar nicht aufgeführt, wenn er nicht das einzige mir bekannt gewordene Beispiel eines Versuches über die Bestimmung der chemischen Natur des in den Venen entwickelten Gases enthielte.)

9) Fr. Nasse *) erzählt folgenden Fall:

Ein dem Trunk ergebener Mann (sein Alter ist nicht angegeben) hatte schon früher zwei Anfälle von Delirium tremens und nach dem ersten desselben auch einen Gichtanfall überstanden. Ein Vierteljahr darauf, nach neuen starken Excessen im Trunk, traten abermals die Erscheinungen des Delirium tremens auf. Durch starke Gaben Opium war bereits wieder Ruhe eingetreten, er schlief viel, war aber leicht zu wecken, klagte auf Befragen über Kopf- und Gliederschmerzen. Nachmittags um 4 Uhr schwizte er stark im Schlafe, sein Puls, vorher 80 bis 90, war auf 100 gestiegen; er gab kurze aber zusammenhängende Antworten. Abends 6 Uhr richtete er sich auf, als man ihn anredete, antwortete indess nicht. Abends 9 Uhr schlief er mit dem Aussehen eines Gesunden, nur waren seine Athemzüge etwas schnell, und der Armpuls hatte, mit dem schwachen Herzschlage übereinstimmend, 105 Schläge. Um 10 Uhr hörte man ihn röcheln, und als man an sein Bett trat, war er todt.

Leichenbefund. Die Leiche hatte bei mässig warmem Wetter (im Juli) 40 Stunden an einem kühlen Orte gelegen. Der Körper war gut genährt, zum Theil fett, die rechte Kopfseite auf welcher der Kranke in den lezten Stunden gelegen hatte, blau, todtenfleckig, das Gesicht ruhig und klar, vor dem Munde eine gelblichbraune schaumige Flüssigkeit, wie auch in der Mund- und Nasenhöhle; Eichel und Hodensack schwarzbraun, wie brandig aussehend. Unter der Arachnoidea des Gehirns eine blutig wässrige Ergiessung, die Venen der Pia mater zum Theil von Blut strozend; die Rindensubstanz ungewöhnlich dünn, hell und durchscheinend, die Marksubstanz etwas schmuzig von Farbe, sonst normal; in den Hirnhöhlen etwa 3 Unzen blutig wässerige Flüssigkeit. Bei dem Einschnitt in die Art. ophthalmica hörte man ein Geräusch, wie wenn Luft durch die gemachte Oeffnung aus- oder eindränge. Aus der geöffneten Brust drang ein äusserst widriger Kothgeruch hervor. Die Lungen gesund. Das Herz nahm wohl den vierten Theil der nach Verhältniss nicht weiten Brusthöhle ein.

---

*) Leichenöffnungen, erste Reihe, Bonn 1821. S. 133—143.

Der Herzbeutel war rings herum mit Fettklumpen besezt, seine Höhle fast
leer von Flüssigkeit. Das Herz batte ein monströses Ansehen, war von
dem Grunde bis zur Spize 5¼'' lang, 4'' breit und hielt im Umfang 10⅓'';
dabei fühlte es sich weich gespannt an. Beim Durchschneiden der obern
Hohlvene drang aus derselben wenig flüssiges Blut, hingegen eine beträchtliche Menge Luft, die ebenfalls jenen widrigen Geruch batte, mit Geräusch
hervor, und das Herz fiel wie eine entleerte Blase zusammen.
Seine linke weniger ausgedehnte Hälfte enthielt auch weit weniger von
dieser Luft. Die Wände beider Herzhälften waren an ihren dicksten Stellen
kaum 3''' dick, blass von Farbe und welk, ihre äusseren Flächen ganz
fettlos, beide Kammern, ausser dass die linke ein kleines Faserstoffgerinnsel
enthielt, völlig blutleer, beinahe trocken. Auch die Aorta und die Lungen-
pulsader waren ganz blutleer. Alle Gedärme strozten von Luft, zeigten
indess im Uebrigen nichts Regelwidriges. Der Magen war mit blaurotben
Flecken bedeckt, die von Blut herrübrten, das zwischen seine Muskel- und
Nervenhaut ausgetreten war. Die Leber verbältnissmässig sehr klein, sonst
gesund. Milz sehr blutreich, von natürlicher Grösse. Alle Gefässe des
Unterleibs strozten von dunkelrotbem, flüssigem Blute, wie denn auch die
Venen der äusseren Gliedmaassen mit einem solchen Blute angefüllt waren.

Ueber diesen Fall stellt N. folgende Betrachtungen an:
Was seinem Kranken so rasch den Tod brachte, wisse er nicht
bestimmt zu sagen. Er starb nicht mit den Erscheinungen von
Erstickung, auch nicht mit denen von Apoplexie. Dass ihn das
Opium getödtet habe, sei nach dem Zustande worin er sich noch
wenige Stunden vor seinem Tode befand, nicht wahrscheinlich. Sein
Gehirn fand sich krankhaft verändert, aber auch andere Theile,
vor Allem das Herz, verhielten sich regelwidrig. Er starb nach
Delirium tremens; ob er daran gestorben, stehe in Frage. (Ich
erlaube mir nur die Bemerkung hier einzuschalten, dass nach
meinen Erfahrungen ein plözlicher, theils auf der Höhe des
Anfalls, theils nach eingetretener Besserung und Beruhigung
erfolgender Tod im Delirium tremens keine Seltenheit ist; in
mehreren solcher von mir beobachteter Fälle fand ich bei der
Sektion keine den Tod erklärende materielle Veränderung
der Organe, insbesondere des Gehirns, mit Ausnahme einer
mehr oder weniger vermehrten, aber nie bis zu hydrocephalischer
Menge gesteigerten Ansammlung von Serum in den Gehirnventrikeln.) — Dass über den Ursprung solcher Luftansamm-
lungen in Herz und Gefässen, wie sie im vorliegenden Falle

sich fanden, und über das Verhältniss derselben zu Leben und
Tod die Akten noch nicht geschlossen seien, wie manche neuere
Schriftsteller gemeint haben, zeigen auch — fährt N. fort —
die von Nysten über diesen Gegenstand angestellten Untersuchungen und die von älteren Aerzten erzählten Fälle von
plözlich erfolgtem Tode bei Luftansammlung im Herzen. Da
nun aber weder ein plözlicher Tod allein, noch der blosse
Einfluss eines beträchtlichen Wärmegrades auf die Leiche, noch
beide gemeinschaftlich jene Erscheinung hervorzubringen im
Stande seien, sofern dieselbe bei einem solchen Ursprunge sich
häufiger ereignen müsste, so müsse wohl eine besondere Beschaffenheit des Blutes oder der auf das Blut einwirkenden
festen Theile hinzukommen. Er lasse hier dahingestellt, ob
diese Beschaffenheit hinreiche den Tod herbeizuführen. So viel
sei indess gewiss, dass in mehreren Fällen, wo man nach dem
Tode Luft im Herzen oder in den Gefässen antraf, keine andere
wahrnehmbare Veränderung, aus der sich der plözliche Tod
hätte herleiten lassen, gefunden wurde. Der von ihm beobachtete Fall nähere sich den von Nysten aufgezählten wenigstens insofern, als in ihm der Tod nicht mit den Erscheinungen
eines Gehirnschlagflusses erfolgte; in Betreff des Herzerfundes
sei er ihnen in den Hauptumständen, der völligen Abwesenheit von Blut in beiden Kammern (so dass also in diesem
gerade die günstigste Bedingung zur Fäulniss fehlte), in dem
Umstande dass besonders die rechte Hälfte von Luft strozte,
und in der dünnen Beschaffenheit der stark ausgedehnten Herz-
wände völlig gleich.

10) Ollivier (d'Angers) hat in dem *Dictionnaire de
Médecine* *) den Artikel: Luft behandelt. Nachdem unterdessen
von den Chirurgen die plözlichen Todesfälle bei Operationen in
Folge des Eindringens von Luft in die Venen beobachtet und
bekannt gemacht worden waren (wovon ein Näheres weiter unten),
hebt O. die Uebereinstimmung hervor, welche die Erscheinungen
in denjenigen Fällen wo man nach plözlichem Tod ohne voraus-

---

*) *Dictionnaire de Médecine*, 2ème édit. Tome II. Paris 1833. Artikel: *Air.*

gegangene Verlezung Luft im Herzen fand mit jenen sowohl als mit den Resultaten gewaltsamer Luftinjektion in die Venen lebender Thiere darbieten. Er selbst hatte damals zwei solcher Fälle beobachtet.

Erster Fall. Ein Kind (ohne nähere Angabe des Alters) lag seit mehreren Tagen an den Masern und Alles deutete auf eine nahe Rekonvalescenz, als es plözlich, ohne alle Vorboten, von einem Gefühl ausserordentlicher Schwäche befallen wird, aufschreit es sterbe, und wirklich in demselben Augenblick verendet. Bei Oeffnung der Leiche fand man das Herz und die in dasselbe einmündenden Gefässe von einem gasartigen Fluidum ausgedehnt, die Wandungen des Organes waren emphysematös und seine Höhlen leer von Blut. Einige Stunden nach dem Tode hatte sich das Emphysem hauptsächlich in dem Unterhantzellgewebe des Rumpfes ausgebreitet. Im Uebrigen fand sich keine krankhafte Veränderung irgend eines Organes und nirgends die geringste Spur von Fäulniss.

Zweiter Fall. Er wird nur kurz mit folgenden Worten angegeben. „Dieselben Erscheinungen habe ich an der Leiche eines robusten Mannes beobachtet, der plözlich starb, wenige Augenblicke nachdem er sich ganz gesund zu Bett gelegt hatte. Das allgemeine Emphysem entwickelte sich erst 12 Stunden nach dem Tode. Es war auch hier kein Anfang von Fäulniss vorhanden."

Fünf Jahre später war O. im Stande, zum Beleg für das Vorkommen der spontanen Entwicklung eines Gases im Blute während des Lebens, durch dessen Ansammlungen in den rechten Herzhöhlen augenblicklich der Tod herbeigeführt wird — „ein, wenn auch sehr seltenes, doch nicht zu bezweifelndes Faktum" — als dritten Fall *) ein weiteres sehr merkwürdiges Beispiel mitzutheilen. Wir können es uns nicht versagen diesen Fall, als einen der schlagendsten und zugleich mit verbürgtester Genauigkeit und Sachkenntniss beobachteten, hier in seiner ganzen Ausführlichkeit wiederzugeben — eine Pariser Grisettengeschichte die mit dem wissenschaftlichen Interesse zugleich einen romantischen Anreiz verbindet.

H., ein junges artiges Mädchen, 22 Jahre alt, heitern Gemüths, mit einer sehr lebhaften Einbildungskraft begabt, wohnte in L. und stand seit langer Zeit in vertrauten Verhältnissen mit M., als dieser junge Mann nach Paris ging, um seine Studien daselbst fortzusezen. Sie folgte ihm bald

---

*) *Archives gén. de Méd. Janvier 1838.* — ·Schmidt's Jahrbücher, Jahrg. 1838, S. 170—71.

nach und langte im Oktober 1836 daselbst an. Eine Zeit lang lebte sie nur in Vergnügungen nnd unaufhörlichen Zerstreuungen. In Folge dieser unruhigen Lebensweise, die von ihrer früheren so sehr abstach, wurde sie in den ersten Tagen des Decembers krank. Mit Fieber und allgemeinem Unwohlsein verband sich Delirium. M., der ihr fortwährend die zärtlichste Sorgfalt widmete, erschrak über dieses Symptom und liess sie, schlimmere Zufälle befürchtend, ins Hôtel-Dieu bringen. Nach 8 Tagen konnte sie wieder bei M. wohnen, indem sie nur noch über Schwäche klagte. Etwas Genaneres über ihre Krankheit konnte O. nicht erfahren. Sie erholte sich mit jedem Tage mehr, fing wieder an ihre hänslichen Geschäfte zu besorgen, und klagte nur noch über eine zu langsame Wiederkehr ihrer Kräfte. Am 21. Decbr. traf sie M. Abends noch beim Briefschreiben und erhielt, als er sein Erstannen äusserte sie noch nicht im Bette zu finden, zur Antwort, dass sie sich weit besser fühle und dies benuzt habe, um ihrer Familie zu schreiben. Zur Zeit der Maskenbälle hatte sie mehrmals den Wunsch geänssert einen solchen zu besuchen, wesshalb M., da er sie so wohl fand, ihr vorschlug sie übermorgen auf einen solchen Ball zu führen. Sie nahm dies mit Frenden an und ein Costümverleiher brachte ihr am Morgen des 22. Decbr. mehrere Maskenanzüge. Sie wählte einen davon aus und unterhielt sich bis zu dem Angenblicke, wo M. sie verliess, um seine Collegien zu besnchen, von dem Vergnügen welches sie sich von dem Carneval versprach. Um 5 Uhr Abends kam M. wieder nach Hause und war erstaunt sie schon im Bette zu finden; sie sagte ihm, dass sie sich kurze Zeit nach seinem Weggauge aufs Bett gesezt habe, weil sie sich ermüdeter als gewöhnlich gefühlt habe, und bat ihn den Tisch an ihr Bett zu rücken, damit sie, ohne aufznstehen, speisen könne. M., der nicht glanben konnte dass sie so schwach wäre als sie sagte, da er sie am Morgen ganz heiter und wohl verlassen hatte, erwiderte ihr scherzend: Deine Schwäche ist nur etwas Faulheit; stehe auf, kleide dich au und komm zn Tische. Während M. dies sprach, war er beschäftigt das Feuer anznfachen, in dessen Nähe das Essen servirt war. Da er nun die H. nicht aufstehen hört, so kehrt er sich um und sieht sie im Bette knieen mit auf die Brust herabhängendem Kopfe. Da sie keine Bewegung macht, so will M. ihr beim aus dem Bette Steigen helfen: in dem Momente aber wo er ihre Hand ergreifen will, hebt sie plözlich den Kopf empor, ruft, indem sie ihn mit einem Ausdrucke des Schmerzes und des Schreckens betrachtet und beide Arme ausbreitet, mit einem herzzerreissenden Tone: Ich sterbe! wobei ihr Kopf auf die Schulter von M. zurückfällt. Sie war todt. M. rief um Hülfe, allein die H. war und blieb, troz aller Bemühungen, todt.

Dieser sonderbare Todesfall wurde unverzüglich der Behörde angezeigt. Der Prokurator des Königs befahl die Oeffnung des Leichnams, die am 24. Decbr. um 8 Uhr Morgens von O. und dem Dr. West gemacht wurde. Der Körper war auf dem Bette liegen geblieben und blos mit einem Tuche bedeckt. **Das Zimmer** wurde durch zwei gegen Nordwest gelegene Fenster erleuchtet, wovon eines nicht völlig geschlossen werden konnte. Es war seit dem Tode der H. kein Feuer in diesem Zimmer gemacht worden und der Thermometer variirte seit mehreren Tagen zwischen 3 und 4⁰ unter 0. — Allgemeine Blässe des Leichnams, keine Abmagerung, Rigidität des Stammes und der Gliedmaassen, kein Zeichen von Beginnen der Fäulniss; der Bauch eingesunken, nicht meteoristisch aufgetrieben; keine Spur von äusserer Gewalt; der Ausdruck des Gesichts ruhig; die H. scheint eingeschlafen zu sein. Weder aus dem Munde noch aus der Nase hat sich irgend eine Feuchtigkeit ergossen. Das Gehirn und seine Häute zeigen keine krankhafte Veränderung; ihre Gefässe enthalten nur wenig Blut, welches mit Luftblasen vermengt ist. Hinsichtlich seiner Farbe, Flüssigkeit und anderen physischen Merkmale zeigt das Blut nichts Bemerkenswerthes. Die Gehirnsubstanz war ziemlich fest, ohne beträchtliche Injektion; ebenso verhielt es sich mit dem kleinen Gehirne und dem verlängerten Marke; in den Gehirnventrikeln war etwas klares Serum. Alle Unterleibsorgane waren gesund. Der Magen und die Därme enthielten wenig Gas; die Gebärmutter und ihre Anhänge waren normal beschaffen. Die vollkommen gesunden Lungen zeigten nur in ihrer hintern Partie etwas serös-blutige Infiltrationen, offenbar eine Folge der mechanischen Kongestion die nach dem Tode eintritt. Die Brustfellsäcke enthielten nur eine kleine Quantität röthliches Serum. Die rechten Herzhöhlen waren sehr ausgedehnt, wie aufgeblasen, so dass sie, wenn man mit dem Skalpellstiele anklopfte, wie alle mit Luft erfüllte hohle Organe widerhallten. In den linken Herzhöhlen, die kein Blut enthielten, fand nichts dergleichen statt. Die Wände des rechten Vorhofes und Ventrikels waren kaum aufgeschnitten, so sanken sie zusammen, und es fand sich in diesen Höhlen nur eine Menge blutigen, grossblasigen Schaumes, der röther als das Blut war, welches aus den schon geöffneten Gefässen ausfloss. Bei der Hinwegnahme des Herzens, dessen Gewebe keineswegs emphysematös war, floss aus den Lungenvenen ein schwarzes, flüssiges, nicht schaumiges Blut, welches, wie das der Gehirngefässe, keine wahrnehmbare Veränderung in seinen verschiedenen physischen Eigenschaften zeigte. Die Lungenarterie enthielt eine grosse Menge schaumiges Blut.

11) In dem Buche von **Herrich** und **Popp** über den plözlichen Tod war gleichfalls ein Aufschluss über unseren Gegenstand zu erwarten. Obgleich ich aber in den V.erff. wider Vermuthen Ungläubige gefunden habe, so enthält ihr Buch doch einige hier nicht zu übergehende Beiträge. Es finden sich in demselben drei Fälle von lufthaltigem Blut im Herzen verzeichnet. *)

---

*) **Herrich** und **Popp**, der plözliche Tod aus inneren Ursachen. Regensburg 1848.

Erster Fall. (S. 79). Luftreiches Blut im rechten Herzen, das aber, als von weit vorgeschrittener Fäulniss abhängig, von keinem Belang sei; ausserdem Pericarditis, Entartung der Herzwandungen.

Zweiter Fall. (S. 96). Bauchfellentzündung einer Wöchnerin, nach künstlich entfernter Nachgeburt; geringes Fieber, etwas Leibschmerz, unerwarteter Tod; der Peritonealüberzng des Darms von einer weichhäutigen gelblichen Ausschwizung überkleidet; das Blut im rechten Herzen sehr luftreich.

Dritter Fall. (S. 16). Achtzehnjähriger Lehrjnnge; acht Tage lang abendliche Fieberanfälle, gleich einer Intermittens, bei Tag völliges Wohlbefinden; erhält im Krankenhaus Chinin, worauf noch zweimal leichte Anfälle kommen; dann Wohlbefinden, Appetit, spricht von seinem Austritt am nächsten Tage. Jezt auf einmal plözliches Schreien und Stöhnen, wie bei Eintritt von Fallsucht, allgemeine Zuckungen, Athem aussezend, verlängerte und stossweise Einathmungen, ganz wie im gewöhnlichen Todeskampfe, Puls sehr unregelmässig nnd schwach, Haut kühl, Lippen blassbläulich; nach zwei Minuten langer Dauer dieses Anfalles Tod. — Einige kleine Ecchymosen unter dem serösen Blatte des Herzens, in den Herzvenen der hinteren Wand Luftblasen, im rechten Vorhof ein faserstoffiges Gerinnsel und ausser diesem etwas flüssiges Blut mit vielen Luftblasen. Ausserdem eine ungewöhnliche Derbheit des Rückenmarks, die Darmschleimhaut stellenweise sehr lebhaft injicirt nnd die Solitärdrüsen sehr stark entwickelt, ebenso die Peyer'schen Drüsen vergrössert.

Dann führen die Verff. noch zwei Fälle an, die wir hier füglich übergehen können, wo in den Venen der weichen Hirnhaut Luftblasen gefunden wurden, übrigens in nicht bedeutendem Grade.

In ihrem Resumé (S. 194) sprechen sie von vier Fällen von lufthaltigem Blut im Herzen; in dem vierten daselbst aufgeführten Falle aber finde ich keinen Luftgehalt des Herzens angegeben. Wenn nun auch die Verff. mit der Bemerkung schliessen: die Möglichkeit dass selbst dort wo die Leichenöffnung zeitig gemacht worden und die Untersuchung keine anderweitige Zeichen von Fäulniss ergab, der Luftgehalt des Blutes das erste und bis dahin einzige Zeichen ihres Beginnes war, wie auch der Umstand dass bei Eröffnung der Kopfhöhle Luft in die hiebei bisweilen eingerissenen Gefässe der weichen Hirnhaut eindringen könne, halten sie ab Folgerungen aus diesen Fällen zu ziehen, welche überdies keine Uebereinstimmung im sonstigen Befunde zeigen — so wollen wir zwar die Ein-

wendung wegen der Luft in den Hirnhautgefässen gern gelten,
uns aber auch nicht abhalten lassen den oben erzählten dritten
Fall der Verff. (der überdies eine merkwürdige Aehnlichkeit in
den begleitenden Umständen mit dem ersten meiner eigenen
Fälle hat) als einen dankenswerthen Beitrag in die Sammlung
der sicheren und bestätigenden Beobachtungen einzureihen.

12) Dr. Adelmann, Professor der Wundarzneikunde und
Direktor der chirurgischen Klinik zu Dorpat, hat in seinen „Beobachtungen und Bemerkungen aus der chirurg. Abtheilung der
Klinik an der K. russ. Universität zu Dorpat während der Jahre
1845 und 1847“, welche den dritten Band seiner „Beiträge
zur medicin. und chirurg. Heilkunde mit besonderer Berücksich-
tigung der Hospitalpraxis“ (Riga 1851) bilden, einen in seiner
Klinik vorgekommenen Fall von Luftentwicklung im Venensystem beschrieben und dieser Beschreibung eine kritische Beleuchtung derjenigen hieher gehörigen Fälle, deren er in der
Literatur habhaft werden konnte, angehängt, *) wesshalb ich
auch in dem Bisherigen wiederholt Veranlassung hatte seinen
Artikel zu citiren. Ich muss dieser verdienstlichen Arbeit als einer
mir sehr willkommenen Vorarbeit dankbare Erwähnung thun;
insofern dieselbe aber die einschlagende Literatur und Kasuistik nur sehr unvollständig, kaum zur Hälfte, enthält, die
Darstellung der einzelnen Fälle, ihre Resumirung und Beurtheilung überdies eine sehr summarische ist und ich mit
lezterer in mehreren Punkten nicht übereinstimmen kann, so
fand ich in der Adelmann'schen Arbeit nur eine Aufforderung
weiter zu der Ausführung der meinigen. **)

Der von Adelmann selbst beobachtete Fall ist wörtlich
folgender (S. 62—64).

Jurry Jürgenson, ein esthnischer Tagelöhner aus Dorpat, 50 Jahre alt,
erschien am 17. Oktober 1845 in der Klinik wegen eines Geschwürs am

---

*) a. a. O. S. 62—75.

**) Am Schlusse seiner Arbeit sagt A. noch, der Gegenstand sei weit-
läufiger bearbeitet in der Dissertation des Dr. W. Kattché: *De ortu aëris
spontaneo in vasis sanguiferis. Dorpati Livon. 1851.* Leztere, als Dissertation wohl gar nicht in den Buchhandel gelangt, ist mir nicht zu Gesicht
gekommen.

Halse. Der Pat., von geradem Körperbaue, schlecht genährt, blasser Haut-
farbe, phlegmatischen Temperamentes, erzählte dass sich vor 8 Tagen ohne
irgend eine Veranlassung an der rechten Seitenhälfte des Halses unter klopf-
enden Schmerzen eine Geschwulst gebildet, welche nach 6 Tagen frei-
willig aufbrach und eine Menge Eiter entleerte. Nur geringe Störungen
des Allgemeinbefindens, Mattigkeit und Schwäche, seien der Entstehung des
Abscesses vorausgegangen. Die Zellgewebszerstörnng breitete sich aus von
den Dornfortsäzen der Halswirbel bis zum äusseren Rande des Sternomastoideus der rechten Seite, so dass am hintern Theile des Abscesses der
M. trapezius entblöst dalag. Das Allgemeinbefinden des Pat. schien wenig
beeinträchtigt; Appetit nnd Stuhlgang waren normal, Fieber sehr gering.
Wegen Mangels an Raum musste Pat. ambulant behandelt werden; es wurden einige unterminirte Hautstellen gespalten und Kataplasmen verordnet.
— Den 19. Okt. Der hintere Theil des Karbunkels hat sich gereinigt, nach
vorn pnd innen dagegen, zum M. sternocleidomastoideus hin, hat sich der
Eiter weiter gesenkt. Spaltung der Eitertasche; Fortsezung der Kataplasmen. — Den 23. Okt. war die Haut und das nekrotische Bindegewebe des
früheren Abscesses grösstentheils abgestossen, nach vorn nnd unten aber
fand sich nene Eitersenkung bis zum Schlüsselbeine, selbst schon etwas
hinter dem Sternalende der Clavicula. Spaltung; Kataplasmen. — Deu 24.
Okt. Der Grund des Abscesses rein, keine weitere Senkung. Pat. klagt
über grosse Hinfälligkeit, sein Fieber hat wenig zugenommen. Er wird
stationär aufgenommen. Chamillenfomente; nahrhafte Diät. — Den 25. Okt.
Die Haut im ganzen Umfange des Abscesses zerstört, die Ränder desselben
nnregelmässig, wenig unterminirt, dunkelbläulich, die Grundfläche des
Abscesses zwar rein (die Mnskeln, namentlich Cucullaris, Sternomastoideus,
über welche man die Vena jugul. ext. verlaufen sieht, erscheinen wie prä-
parirt), aber blass, schlaff, ohne Granulationen. Grosse Schwäche, wenig
Fieber, Verband mit Ung. digestivum. — Die darauf folgende Nacht hatte
Pat. ruhig zugebracht; am Morgen des 26. Okt. wurden die nebenliegendeu
Kranken durch einen schweren Fall aufgeschreckt: Pat. war aus dem Bette
gefallen. Nachdem er in dasselbe zurückgebracht; stellten sich klonische
Krämpfe am ganzen Körper ein, die, mit nur cinige Minuten dauernden
Zwischenräumen, fast eine volle Stunde anhielten. Unter krampfhaften
Verzerrungen der Gesichtsmuskeln, namentlich der Mundwinkel, Verdrehen
der Angen, röchelndem Athem verschied Pat. 8 Uhr Morgens.

Sektion 30 Stunden nach dem Tode. Kühle Temperatur des Sektions-
lokales. — Zuerst wurde die Haut vom Abscesse aus nach allen Seiten abpräpar-
irt, nm zu nntersucheu ob die Halsvenen unverlezt seien. Die Wandungen der
Ven. jugul. ext., welche zum Theil frei auf dem Boden des Abscesses verlief, waren unversehrt. Nach Bloslegung der V. jugul. interna bemerkto
man durch ihre düunen Wanduugeu einzeluc Luftblasen, welche sich bei
weiterem Präpariren zu eiuer ziemlich bedeutenden Luftmenge ansammelten.

Doppelt nnterbunden und nnter Wasser aufgeschnitten, entleerte die Vene viele Lnftblasen. Derselbe Versuch mit der V. jugul. int. der linken Seite ergab dasselbe Resultat. Die Venenstämme wurden nnn bis zu ihrer Einsenkung in das Herz blosgelegt, alle grösseren in das Herz einmündenden Gefässe unterbunden, das Herz dann herausgenommen und unter Wasser geöffnet. Auch hier drangen Lnftbläschen zur Oberfläche des Wassers. — Der Herzbeutel enthielt gegen 3 Unzen Serum; in der rechten Herzhälfte ansehnliches Blntkoagulum, welches sich bis in die Venen hinein erstreckte; die Wandnngen dieser Herzhälfte schlaff; die linke Herzhälfte ziemlich leer, hinsichtlich ihrer Wandnngen dem rechten Herzen ähnlich. — Die Lungenpleura der linken Seite hing fast in ihrer ganzen Ausdehnnng, namentlich vorn und hiuten, mit der Rippenpleura durch altes Exsndat aneinander, ebenso verhielt es sich auf der rechten Seite. Der rechte obere Lungenlappen derber als im normalen Znstande, Residnen einer früheren Hepatisation; der untere Lappen derselben Seite sehr schlaff, mit Blut überfüllt. Im unteren linken Lappen einige verkreidete Tuberkel. Die übrige Lnngensubstanz deutlich krepitirend. — Nach Eröffnung der sehr zusammengezogenen Unterleibshöhle die Leber dunkel, blutreich, die Gallenblase gross, mit dünner Galle erfüllt. Die Milz mürbe, breiartig erweicht. Der Magen zusammengeschrumpft, am Pylorus wenig verdickt. Die Därme dnrch Gas ausgedehnt, ihre Strnktur normal bis auf eine Striktur in der Mitte des Colon descendens: an dieser Stelle fanden sich in der Schleimhaut viele harte Körperchen, von denen die grösseren deutlich als sogenannte Knochenplättchen erkannt wurden. Nieren blutreich. — Nach Eröffnung der Schädelhöhle bot das Gehirn in seinen Strukturverhältnissen nichts Abnormes dar, dagegen zeigten sich sämmtliche Hirnhöhlen mit einer bedeutenden Menge Sernm überfüllt. Die Menge der serösen Flüssigkeit in dem Rückenmarkskanale geringer.

Der Erzählung dieses Falles lässt A. folgende epikritische Betrachtung folgen. „Die Erscheinungen, unter welchen Patient starb, in Verbindung mit dem Sektionsbefunde, Wasseransammlung in den Hirnhöhlen, lassen uns fast mit Sicherheit sehliessen, dass hier die Todesursache Apoplexia serosa gewesen und der den örtlichen Erscheinungen des Karbunkels wegen seiner Langsamkeit nicht entsprechende Puls (?) erlaubt die Vermuthung, dass der seröse Erguss bei diesem kachektischen Subjekte sich allmälig gebildet haben müsse, bis er die Menge erreichte, welche zur Hervorrufung von Krämpfen und baldiger Paralyse des N. vagus nöthig war. Dessenungeachtet kann ich die Selbstfrage nicht unterlassen: ob die auffallende Menge Luft, welche sich in den beiden inneren Jugularvenen und in der rechten Herzhälfte befand, unbetheiligt an dem raschen Tode sei." Diese Betrachtung bildet sodann den Uebergang zu der Aufzählung und Beleuchtung ähnlicher von Andern beobachteter Fälle. Ich glaube dass, bei Vergleichung mit den andern vorliegenden Erfahrungen, jene Frage über die Betheiligung der im Venenblute entwickelten Luft an dem schnellen Tode ohne Bedenken bejaht werden darf, wozu auch der Verf. selbst sich hinzuneigen scheint.

13) Der neueste aus der Literatur zu meiner Kenntniss gekommene Fall ist von Durand Fardel. Derselbe trug in der Sizung der Pariser *Académie de Médecine* vom 9. December 1851 folgende Geschichte vor. *)

Eine 56jährige Frau aus dem Mittelstande, von bedeutender Korpulenz, war in das Bad nach Vichy gekommen als Begleiterin ihres am Gries leidenden Mannes. Sie war seit Jahren gesund gewesen, ihre Regeln hatten seit 8 Jahren aufgehört; sie hatte nie an Hämorrhoiden, Kopfschmerz, Nasenbluten, Schwindel, Ohnmachten oder sonstigem Unwohlsein gelitten, hatte guten Appetit, ungestörte Verdauung, geregelte Lebensweise. Sie wusste nichts von rheumatischen oder gichtischen Schmerzen und beklagte sich nur hie und da, nicht über Herzklopfen, wohl aber über etwas mühsame Respiration. Sie hatte in der Regel einen etwas kurzen Athem, wie dies bei sehr korpulenten Personen oft vorkommt und was auch bei ihr nie auf eine andere Ursache bezogen wurde. Diese Frau wollte während ihres Aufenthalts in Vichy, wie viele Personen, auch baden, und erhielt hiezu eine Autorisation von dem Arzte der ihren Mann behandelte. Gleicher Weise hatte sie einige Gläser Mineralwasser, aber nur in kleiner Menge, getrunken. Den 20. Juli 1850 begab sie sich in die Badanstalt um dort ihr zweites Bad zu nehmen, Morgens 4 Uhr. Den Tag zuvor war sie ganz wohl gewesen, hatte, wie alle Tage, ihre Mahlzeit gehalten und gut geschlafen. Nur auf dem Gang zu den Bädern hatte sie einen kürzeren Athem als gewöhnlich; ihr Mann, der sie begleitete, musste desshalb langsamer gehen; vor dem Eintritt in das Bad war sie genöthigt sich einen Augenblick hinzusezen, und die Badmagd die sie so engbrüstig sah, gab ihr den Rath heute kein Bad zu nehmen. Sie that es doch, und nach Verfluss einer halben Stunde verlangte sie aus dem Bad zu steigen; ihr Dienstmädchen, die immer bei ihr geblieben war, hatte bis dahin nichts Besonderes an ihr bemerkt; aber jezt fühlte sich die Frau sehr unbehaglich und wie sie aus der Badwanne sich erhob um die Wäsche zu wechseln, erschien sie aufgeregt,

---

*) *Gazette méd. de Paris.* 1851. Nr. 50.

klagte über Beengung, sie stieg heraus und liess sich auf einen Stuhl
sinken, ohne dass man Zeit hatte sie mit einem trockenen Badtuche zu be-
decken. Der Athem war kenchend geworden, ohne dass sie selbst gewaltsame Anstrengungen zum Athmen machte; sie war nicht mehr im Stande
sich verständlich zu machen. Bei den ersten Anzeigen des Anfalles hatte
man mich eilends gerufen, und es waren keine fünf Minnten verstrichen
bis ich bei der Kranken ankam; — sie war todt! — Ich traf sie auf einem
Stuhle sizend, unterstüzt von ihrer Umgebung, noch bedeckt von dem nassen
Badmantel. Ihr Gesicht war vollkommen entfärbt, der Kopf auf die Brust
herabgesunken und wackelnd, die Lippen leicht violet, die Züge weder
verzerrt noch entstellt; kein Schaum vor dem Munde; die Glieder waren
welk und völlig uuempfiudlich; es war kein Puls mehr zu fühlen, keine
Herzgeränsche mehr zu hören; die Pupillen erweitert und unbeweglich, die
Bindehaut für die Berührung unempfindlich. — Obschou die rasche Kon-
statirung dieses Zustandes mich nicht zweifeln liess an der Wirklichkeit
des Todes, so öffnete ich doch die Medianvene am rechten Arme weit.
Es floss sogleich, sickernd, dünnes Blut, nicht sowohl von schwarzer als
von violeter Farbe und schaumig heraus, d. h. begleitet von ungleich grossen
Luftblasen die zngleich mit dem Blut aus der Vene berausdrangen. Ueber
eine Viertelstunde machte ich vergebliche Belebungsversuche mit Kizeln
des Gaumens. Salmiakgeist u. dgl. Während dieser Zeit liess ich von dem
rechten Arme nicht los, deu Austritt des schaumigen Blutes untersuchend,
der von Zeit zu Zeit, uuter der Einwirkung von Streichen und Drücken
von unten nach oben längs des Vorderarmes, erfolgte. Einmal sprizte ein
kräftiger Strahl herans 5 bis 6 Sekunden lang, wie getrieben von einer
Luftblase die sich im Innern des Gefässes ausdehnte. Zulezt zeigte sich
auch etwas weisser Schaum an den Lippen.

Die Leichenöffnung wurde vorgenommen 12 Stunden [soll wohl heissen:
22 Stunden] nach dem Tode, den 21. Juli, um 3 Uhr Morgeus. Der Leichuam hatte
kein Zeichen von Fäulniss, nur einige Flecken auf den abhängigen Theilen des
Rumpfes und der Gliedmaassen. Das Herz war sehr gross, seine rechten Höhlen
von durchaus flüssigem, nrehr violetem als schwarzem, syrupähnlichem nnd
sehr schaumigem Blute stark ausgedehnt; die Gasblasen waren zum grösseren
Theile stecknadelkopf-, die anderen selteueren erbsengross. Wenn man
anf den Lauf der zwei Hohladern drückte, so war das Blut welches iu das
rechte Herzohr hereinfloss schaumig, wie Saifenwasser. Die Wandungen
der rechten Herzhälfte zeigten eine oberflächliche bläuliche Färbung. Die
linken Höhlen waren absolut leer von Blut und nicht gefärbt; der linke
Ventrikel bedeutend hypertrophisch; die Orificieu des Herzens zeigten keine
bemerkbare Veränderung, so wenig als das der Aorta. Die Veneu im Unter-
leib strozten von violetem uud schaumigem Blute; im Blute der Milzvene
und der Pfortader wenigsteus warcu zahlreiche Luftblaseu. — Die Lungen
füllten die Brusthöhle aus, hatten einige Verwachsuugen, von Emphysem

keine Spur. Ihre Farbe war aussen röthlich, innen dunkler, wo sie die
Spuren einer ziemlich bedeutenden Blutkongestion zeigten, ohne blutige
Infiltration; in den untersten Theilen eine mässige schaumige Anschoppung.
Die Bronchien enthielten etwas weisslichen und schaumigen Schleim. Die
Unterleibsorgane boten nichts Besonderes dar, ausser einer ziemlich beträchtlichen Hyperämie der Leber, der Milz, der Nieren, und eine ausge-
sprochene Injektion der Venen des Nezes und Gekröses. Das Nez war sehr
fett. Der Magen, ziemlich gross, enthielt ungefähr ein halbes Glas klaren
und farblosen Schleimes. Der Darm wurde nicht geöffnet. Die Gallenblase enthielt eine mittlere Menge schwarzer Galle von Syrupkonsistenz. —
Das Gehirn war nicht in dem Grade mit Blut überfüllt wie die anderen
Organe. Die Venen der harten Hirnhaut umschlossen nur wenig flüssiges
schaumiges Blut. Gehirn und Anfang des Rückenmarks, so genau als möglich untersucht, zeigten sich völlig normal, ein wenig mit Blut injicirt; in
ihren Gefässen bemerkte man nicht eine Luftblase.

Nach einer Anreihung an die anderen in der Wissenschaft
bekannt gewordenen Fälle, insbesondere an den von Ollivier
seiner Zeit bekannt gemachten, kommt Durand Fardel zu
folgendem Schlusse. „Die Anwesenheit von Gas in dem Blut,
im Augenblick des Todes selbst erhoben, das Fehlen voraus-
gegangener ausserordentlicher Athemanstrengung, das Fehlen von
Emphysem — Alles nöthigt uns eine spontane Gasentwicklung
während des Lebens im Venensysteme anzunehmen, das, nach
aller Wahrscheinlichkeit, in einer spontanen Veränderung des
Blutes, deren Natur wir so wenig als ihre Ursache kennen,
begründet ist." — Zur Abweisung einer in der darauf erfolgten
Debatte von Bouvier ausgesprochenen Vermuthung, der Tod
möchte in dem vorliegenden Falle die Folge des organischen
Herzleidens gewesen sein, macht A. Dechambre in der *Revue
hebdomadaire* derselben Numer der *Gaz. méd.* folgende Bemerkungen. Die organischen Herzkrankheiten verursachen allerdings nicht selten einen plözlichen Tod, in Folge einer direkten
Störung der Herzfunktion (Herzschlag); es kommen solche Fälle
selbst vor, wo die Sektion gar keine bemerkbare organische
Affektion des Herzens nachweist, aber die Katastrophe habe
dann immer etwas Plözliches, Unerwartetes, auf einen Streich
Erfolgendes, verschieden von der bei der Fardel'schen Kranken
beobachteten Gradation der Erscheinungen: die Oppression war

zuerst schwach, dann nahm sie allmälig zu im Verlauf von ungefähr einer Stunde, Alles deutete auf die fortgesezte Entwicklung einer schweren Störung. Hätte man in der Leiche eine Lungenapoplexie, eine Zerreissung des Herzens, die Ruptur eines Aortenaneurisma gefunden, so wäre dies eine ausreichende Erklärung gewesen; aber hier nichts als eine Hypertrophie, die, wo sie plözlichen Tod verursacht, nicht mit dieser Regelmässigkeit zu Werke geht. Neben dem aber Luft fast im ganzen Venensysteme, eine Veränderung die sich sehr wohl gradweise entwickeln konnte und mit dem Leben unverträglich ist. In Gegenwart von einer sicheren Todesursache und von Erscheinungen die mit dieser Ursache harmoniren, warum seine Zuflucht zu etwas ferner Liegendem und Unbekanntem nehmen?

Lauft auch der erste Theil dieser Beweisführung einiger Massen auf eine pathologische Subtilität hinaus, die überdies keine Anwendung findet auf diejenigen Fälle wo Luftansammlung im Herzen mit einem plözlichen Tode, ohne vorausgegangene Gradation der Zufälle, verbunden ist, so muss doch der Schlusssaz des Raisonnements die volle Zustimmung dessen erhalten der mit Unbefangenheit und gesundem Menschenverstande an die Beurtheilung des betreffenden Falles sich macht, und keiner Spizfindigkeit wird es gelingen die einmal erhobene Thatsache der Anwesenheit von Luft im Blute weg zu demonstriren. Jedenfalls legt diese lezte Geschichte eines der wichtigsten Zeugnisse für den uns beschäftigenden Gegenstand ab, insofern sie — neben der Genauigkeit und der durch den Namen ihres Autors verbürgten Zuverlässigkeit der Beobachtung —, die Anwesenheit von Luft im Venenblute schon im Augenblick des Todes sicher stellt. Und wir freuen uns mit einem solchen Zeugnisse die Liste der von uns als Eigenthum der Wissenschaft in der Literatur aufgefundenen Fälle beschliessen zu können.

Wir scheiden nun aus der vorstehenden Uebersicht einerseits diejenigen Fälle aus, deren Darstellung nicht von der Art ist dass sie eine sichere Beurtheilung des einzelnen Falles zulässt und zugleich eine gewisse Garantie für die Zuverlässigkeit der Beobachtung gewährt, anderseits solche in welchen andersartige und zweifelhafte Momente mit in Rechnung kommen. In dieser Weise fallen aus: die von Morgagni citirte Beobachtung Valsalva's (S. 18) wegen mangelnder Angabe aller näheren Umstände; die zwei Fälle von Morgagni selbst (S. 19—20), insofern es sich in dem einen blos um Luftansammlung in den Gefässen des Gehirns handelt, im andern die Fäulniss weit vorgeschritten und mit Gasentwicklung verbunden war; aus ersterem Grunde dessgleichen die drei von Morgagni citirten Beobachtungen (S. 21) von apoplektischem Tode mit Luft in den Gehirngefässen; ferner die zwei Beobachtungen von Testa und die eine von Celle (S. 24), wegen mangelhafter und ungenügender Darstellung; der erste und zweite Fall von Herrich und Popp wegen ihrer zweifelhaften Natur und dürftigen, zu kurz abgerissenen Beschreibung; endlich die von mir beigebrachte Beobachtung Hedinger's (S. 13), wegen der besonderen, eine von den übrigen Fällen, wie wir unten sehen werden, abweichende Erklärung zulassenden Natur dieses Falles.

Nach solcher Sichtung (die, wie ich hoffe, Niemand als partheiisch ansehen und mir den Vorwurf machen wird, als hätte ich nur solche Fälle gelten lassen die gerade auf meine Absicht passen), bleiben uns noch dreizehn Fälle übrig, welche, wie ich glaube, in ihrer Beobachtung die gehörige Garantie und in ihren Erscheinungen eine gewisse Gleichartigkeit darbieten, um für unsere Untersuchung als brauch- und verwerthbar sich zu zeigen. Ich habe dieselben, zu besserer Uebersicht, mit ihren Hauptmomenten in nachfolgende Tabelle gebracht, und sie sind es zunächst, deren Analyse uns den Stoff abgeben soll für die nähere Erforschung und Begründung der in dem Titel dieser Schrift genannten Erscheinung.

Name des Beobachters und Autors.	Geschlecht und	Alter des Kranken.	Vorausgegangene Krankheit.	Todesart.	Erfund der angesammelten Luft im Gefässsystem.	Uebriger Leichenerfund.	Beschaffenheit des Blutes in der Leiche.
1. Pechlin.	Mann.		Bauchschmerzen und Brustheklemmung.		Sehr starke Ausdehnung d. ganz. Herz. von Luft, besond. aber d. rechten; Luft in fast allen Venen des Körpers.	Tympanitis der Gedärme.	
2. Grätz.	Frau.		Ohumachten, Beklemmung, Suffocation.		Ausdehnung des ganzen Herzens von Luft, das Herz völlig blutleer.		
3. Ruysch.	Frau.			Plözlicher Tod.	Enorme Luftausdehnung des Herzens, das nur sehr wenig Blut enthält.		
4. de Jaer und Nysten.	Mann.	45 Jahr.	Periodische Asthmaanfälle; Tod in einem derselben.		Die rechte Herzhälfte und das ganze Venensystem strozend angefüllt mit Blut und einer grossen Menge Gas.	Alle Organe normal.	
5. Nasse.	Mann.		Delirium tremens.	Plözlich. Tod im Schlaf ohne Convuls. u. hesond. Athemnoth.	Die rechte Herzhälfte enorm ausgedehnt von Luft, viel weniger die linke, viel Luft in der oberen Hohlvene.	Wasseransammlung in den Gehirnventrikeln.	Faserstoffgerinnsel.
6. Ollivier.		Kind.	Masern.	Plözlicher Tod mit Aufschreien.	Das Herz und die einmündenden Gefässe von Luft ausgedehnt.	Emphysem d. Herzwandung und unter der Haut des Rumpfes, lezteres erst nach dem Tode entstanden.	
7. Derselhe.	Mann.		Vorher ganz gesund.	Plözlicher Tod.	Derselbe Erfund.	Allgemeines Emphysem nach dem Tode entstanden.	

Name des Beobachters und Autors.	Geschlecht und Alter des Kranken.	Vorausgegangene Krankheit.	Todesart.	Erfund der angesammelten Luft im Gefässsystem.	Uebriger Leichenerfund.	Beschaffenheit des Blutes in der Leiche.
8. Derselbe.	Frau. 22 Jahr.	Rekonvalescenz von einem Fieber.	Plözlicher Tod mit einem Schrei des Schmerzens und Schreckens.	Luftausdehnung der rechten Herzhälfte, im linken Herzen keine Luft, schaumiges Blut in den Lungenarterien.	Nichts Abnormes.	Schwarzes flüssiges Blut.
9. Herrich u. Popp.	Mann. 18 Jahr.	Leicht. Typhus, der Rekonvalescenz nahe.	Plözlicher Tod unter Schreien, Stöhnen und Zuckungen.	Viele Luftblasen im Blut des rechten Herzvorhofes und in den Herzvenen.	Leichte Anschwellung der Darmdrüsen.	Flüssiges Blut neben Faserstoffgerinnsel.
10. Adelmann.	Mann. 50 Jahr.	Karbunkel.	Tod nach 1stündigen Krämpfen und röchelndem Athem.	Luft in den Jugularvenen beider Seiten und im Herzen.	Wasseransammlung in den Gehirnhöhlen.	Grosse Gerinnsel.
11. Durand Fardel.	Frau. 56 Jahr.	Habitueller kurzer Athem, sonst gesund.	Plözlicher Tod nach vorausgegangener Beengung.	Luft in den Medianvenen des Armes im Augenblick des Todes; Luft im rechten Herzen und in den Venen des Unterleibes.	Hypertrophie des linken Herzventrikels.	Durchaus flüssiges Blut.
12. Cless.	Frau. 21 Jahr.	Erstes Stadium eines leichten Typhus.	Plözlicher Tod unter schwerem Athem und Convulsionen.	Luftausdehnung der rechten Herzhälfte, einige kleine Luftblasen im linken Ventrikel, schaumiges Blut in den Lebervenen.	Intestinalkatarrh mit Anschwellung der Darmdrüsen.	Kruor- und Faserstoffgerinnsel.
13. Derselbe.	Weiblich. 14 Jahr.	Typhus, in der Besserung begriffen.	Plözl. Tod unter schwerem Athem u. krampfhafter Streckung.	Luftansammlung in den Jugularvenen, Luftausdehnung der rechten Herzhälfte nebst schaumigem Blute, Luftblasen in den Lebervenen.	Infiltration der Darmdrüsen.	Durchaus flüssiges Blut.

Wenn wir in allen diesen Fällen als gemeinschaftlichen Leichenerfund eine Ansammlung von Gas in den Herzhöhlen und in verschiedenen Blutgefässen notirt finden, so ist wohl die erste Frage die wir uns zu beantworten haben, die: ist jene Gasentwicklung innerhalb des Gefässsystems nicht erst nach dem Tode entstanden und als ein Produkt der Fäulniss zu betrachten?

Wir haben diese Frage schon oben (S. 7), bei Betrachtung des ersten von mir selbst beobachteten Falles, einer kurzen Erörterung unterworfen und dabei angeführt, dass gegen diese Annahme nicht nur der sonstige Zustand der Leiche sprach, sondern auch mir selbst und Andern, die ich darüber vernommen, die fragliche Erscheinung als Erzeugniss der Fäulniss bis dahin unbekannt war. Wir finden nun auch in den gesammelten Beobachtungen (mit Ausnahme vielleicht des Nasse'schen Falles, wo nach 40stündigem Liegen der Leiche wenigstens einzelne Fäulnisserscheinungen an derselben notirt sind) keinen einzigen Fall in welchem eine weiter vorgeschrittene Fäulniss der betreffenden Leiche angemerkt ist, während es in der Natur der Sache lag, dass gerade dieser Umstand die Aufmerksamkeit der Beobachter insbesondere in Anspruch nahm; auch findet sich unter allen diesen Beobachtern nicht Einer, der sich zu einer dahin gehenden Deutung der fraglichen Erscheinung veranlasst sähe. Allerdings ist in den zwei ersten Fällen von Ollivier einige Stunden nach dem Tode ein weit verbreitetes Emphysem unter der Haut entstanden — eine Erscheinung die in keinem der anderen Fälle sich notirt findet —; der Verf. sezt aber ausdrücklich hinzu, die beiden Leichen haben sonst nicht die geringste Spur von Fäulniss dargeboten.

Mit der Gasentwicklung im Blute als Fäulnissprodukt, wie oben bemerkt, aus eigener Erfahrung unbekannt, fand ich dagegen bei meinen literarischen Nachforschungen in Amussat*) einige Bemerkungen darüber. Derselbe führt etliche Beispiele

---

*) *Amussat, recherches sur l'introduction accidentelle de l'air dans les veines. Paris, 1839. S. 208 ff.*

auf, wo an Leichen, die aber sämmtlich am ganzen Körper Zeichen weit vorgeschrittener Fäulniss darboten, Gasentwicklung im Herzen getroffen wurde. Er sucht sodann unterscheidende Merkmale zwischen dieser Fäulnissgasentwicklung und der Ansammlung von Luft im Herzen, die von aussen durch Zufall oder durch absichtliche Injektion in die Blutcirculation gelangt ist (denn dies bildet den nächsten Gegenstand seiner Abhandlung), zu statuiren, und legt ein Gewicht darauf dass bei der aus Fäulniss entstandenen Gasentwicklung im Herzen die betreffenden Herzhöhlen, nachdem das Gas durch einen gemachten Einschnitt entwichen war, zusammensanken, während, wie er behauptet, bei den der Einführung von äusserer Luft in das Herz unterlegenen Thieren im Gegentheil die Herzhöhlen nach dem Einschneiden ihre Gestalt behalten haben, wie wenn sie über einen Model geformt gewesen wären. Dies mag sein bei Vornahme der Leichenöffnung unmittelbar nach dem Tode. Dagegen steht unter den von Amussat selbst als unzweifelhaft aufgeführten Fällen einer (S. 123), wo es im Sektionsberichte heisst: „man findet das rechte Herzohr ausgedehnt, elastisch, man macht einen leichten Einstich in seinen oberen Theil, es sinkt sogleich zusammen, ohne dass ein Tropfen Blut entweicht.“ Und gerade von diesem Falle sagt A., dass er in allen Punkten mit dem was man bei Versuchen an Thieren beobachte, übereinstimme. Seine obige Behauptung ist desshalb als unbegründet und mit seiner eigenen Beobachtung im Widerspruch stehend zu betrachten. Dasselbe ist der Fall mit einem weiteren von ihm als charakteristisch aufgestellten Merkmale (S. 208) für das Eindringen der Luft während des Lebens, dass nämlich leztere in den rechten Herzhöhlen mit Blut vermischt sich vorfinde und das Blut häufig schaumig sei, während in seinem Buche selbst bei den Erfunden von Fäulnissgasentwicklung im Herzen und den Gefässen wiederholt von zahlreichen Luftblasen die Rede ist, die mehr oder weniger mit dem Blute vermischt waren. — So kommt es nach den A.'schen Mittheilungen auf nichts Anderes hinaus als dass man bei sehr faulen Leichen zuweilen Gasentwicklung

im Herzen trifft, die sich in einzelnen Fällen in ihrem mechanischen Verhalten nicht unterscheiden lässt von der während
des Lebens von aussen eingedrungenen Luft, dass aber dann
die Zeichen der allgemeinen Fäulniss und das Fehlen der eigenthümlichen Todesart die Entscheidung geben.

Endlich kommt uns, zur Widerlegung des Einwurfes dass
die vorgefundene Gasentwicklung im Herzen nach dem Tode
entstanden und Produkt der Fäulniss sei, der Fall von Durand
Fardel zu Statten, wo im Augenblick des Todes selbst aus
der Behufs einer Aderlässe geöffneten Medianvene des Armes
Luft herausdrang — ein Fall der sich an die (S. 24) von
Nysten citirten Beobachtungen von Joubert und Peyrilhe
anschliesst, welche bei Aderlässen an lebenden Menschen Luft aus
der Vene herauskommen sahen, obschon diesen älteren Beobachtungen, meines Wissens, keine ähnlichen neueren an die
Seite zu stellen sind. (Einer Aderlässe am Lebenden mit Gas-
gehalt des Blutes werden wir weiter unten, in einem späteren
Kapitel, zu erwähnen Veranlassung haben.)

Ist es diesem nach, schon an und für sich betrachtet, ohne
die weiteren Umstände mit in Rechnung zu nehmen, in hohem
Grade unwahrscheinlich, dass in den von uns verzeichneten
Fällen das bei der Sektion im Herzen und den Blutgefässen
vorgefundene Gas erst in der Leiche sich entwickelt habe und
ein Produkt der Fäulniss sei, so erhält, bei weiter gehender
Betrachtung, diese Erscheinung noch weit mehr Gewicht, wenn
wir die Uebereinstimmung unserer Fälle in Bezug
auf die Todesart in Erwägung ziehen. Dieselben weisen,
wie wir sehen, bei aller Verschiedenheit der einzelnen Individuen in Bezug auf Geschlecht, Alter und vorausgegangene Krankheitszustände, eine überraschende Gleichheit in der
Todesart, d. h. in den dem Tod unmittelbar vorausgegangenen und diesen Akt begleitenden Erscheinungen, auf. Es war
nämlich ohne Ausnahme ein rascher und unerwarteter, durch
die vorausgegangenen Zufälle nicht motivirter, in nahezu allen
Fällen ein plözlicher Tod, begleitet von Athemnoth, Auf-
schreien und Krämpfen von der Dauer weniger Augenblicke;

etwas verlängert nur in dem Falle von Adelmann, wo eine Stunde lang Krämpfe und röchelnder Athem dem Tod vorausgegangen waren, und bei dem Kranken von De Jaer, der nach einem mehrere Tage anhaltenden schweren Brustkrampf verschied. (In den zwei Beobachtungen von Peehlin und Grätz ist die Dauer der dem Tode vorausgegangenen Zufälle nicht angegeben.) Ohne Konvulsionen und besondere Athemnoth starb nur einer der Kranken, der von Nasse, dessen plözlicher Tod im Sehlafe erfolgte. War der Tod überall ein rascher und unerwarteter, so hat auch der Leichenerfund, so weit hierüber die Angaben reichen, ausser der Luftansammlung im Herzen, nirgends eine bedeutendere für die Erklärung des tödtlichen Ausganges hinreichende Läsion ergeben, wenn wir hievon nicht die beiden Fälle von Nasse und Adelmann ausnehmen wollen, in welchen sich eine nicht unbeträchtliche Wasseransammlung in den Gehirnventrikeln vorfand.

Wird durch den bisherigen Gang unserer Betrachtung die Annahme von der blosen Zufälligkeit und Unwesentlichkeit der fraglichen Erscheinung schon sehr entschieden zurückgewiesen, so bleibt uns noch ein lezter Umstand übrig, welcher vollends alle Zweifel zu besiegen und zu einer festen Ueberzeugung zu verhelfen im Stande ist.

Wir haben oben (S. 22) bemerkt, dass zuerst Morgagni die von ihm aufgeführten Fälle von plözlichem Tod bei Menschen mit Ansammlung von Luft im Herzen an die schon damals bekannten Erscheinungen von gewaltsamem Lufteinblasen in die Venen von Thieren anreiht und aus der Analogie beider Reihen von Erscheinungen den Schluss zieht, dass bei jenen Thieren wie bei jenen Menschen der Tod auf die gehemmte Funktion des Herzens zurückzuführen sei. Nysten hatte diese Experimente weiter verfolgt und den Gegenstand anatomisch und physiologisch aufgeklärt und festgestellt. Er gelangte zu dem Resultat, dass alle an und für sich unschädliche Gase, in gehöriger Menge in das Venensystem eingebracht, plözlichen Tod herbeiführen durch übermässige Ausdehnung der rechten Herzhöhlen; die Aktion der lezteren

werde mechanisch gehemmt; ihre Kontraktionskraft, durch die
Expansionskraft des injeirten Gases überwunden, könne auf das
Blut nicht mehr wirken; so entstehe eine plözliche Unterbrechung
des Lungenblutlaufes und der Respiration und hieraus ein Auf-
hören der allgemeinen Circulation und das Erlöschen der Leb-
ensbewegungen, dem häufig konvulsivische Bewegungen vor-
ausgehen. *) Eben an diese Experimente hängt nun Nysten,
gleich Morgagni, die ihm bekannt gewordenen Beobachtungen
an Menschen von Gasansammlung im Herzen nach plözlichem
Tode, als mit jenen übereinstimmend, an.

Von den ersten Versuchen im 17. Jahrhundert bis auf
Nysten kannte man die Erscheinungen des Eindringens von Luft
in das Blut nur auf dem Wege des physiologischen Ex-
perimentes, und die Sache fand keine andere praktische Anwendung als von Sciten der Thierärzte, welche sich des Lufteinblasens in eine geöffnete Vene zur raschen Tödtung von
Thieren, namentlich von Pferden, bedienten, bis bald darauf
die Beobachtungen der Chirurgen von raschem Tod in
Folge zufälligen Eindringens von Luft in die Circulation bei
Operationen am Hals oder oberen Theile des Thorax bekannt
wurden. **) Diese Beobachtungen, in Verbindung mit den Ergebnissen des experimentellen Lufteinblasens bei Thieren und
neuen eigenen Untersuchungen, hat nun Amussat in seiner
oben erwähnten von der Akademie gekrönten Schrift zusammengestellt. Wir halten es für unseren Zweck passend, die Haupt-
ergebnisse dieser Untersuchungen, welche, was die Experimente
an Thieren betrifft, mit denen von Nysten vollkommen übereinstimmen, hier kurz aufzuführen. In den meisten Fällen der
an Thieren gemachten Versuche ist es blos die rechte Herz-

---

*) 'Nysten, a. a. O. S. 26—27 und S. 159.

**) Der erste Fall stammt aus dem J. 1818, beobachtet im Hôpital St.
Antoine zu Paris bei einer von Beauchène ausgeführten Exstirpation einer
grossen Geschwulst auf dem rechten Schulterblatt, und ist beschrieben von
Magendie: *sur l'entrée accidentelle de l'air dans les veines, sur la mort
subite qui en est l'effet* etc., im *Journ. de physiol. expérim. T. I, 1821,
p. 190—99.* Der zweite Fall ist der berühmt gewordene von Dupuytren
vom J. 1822, veröffentlicht im 5. Bande der *Arch. gén. de méd.*

hälfte, in welcher man die Luft nach dem Tode angesammelt findet, bei spontanem Einströmenlassen der Luft in die Venen, während bei gewaltsamer Einstossung der Luft häufig auch in der linken Herzhälfte, so wie in den Venen und Arterien sich Luft findet. Im ersteren Falle sind die rechten Herzhöhlen ausgedehnt und kugelig aufgetrieben durch mehr oder weniger mit Blut vermischte Luft, während die linken Herzhöhlen fast immer leer und zusammengesunken sind und nur wenig oder gar keine Luft enthalten. Der Tod rührt — sagt A. — offenbar von Unterbrechung der Circulation her, die Luft dehnt die rechten Herzhöhlen aus, hindert das Venenblut in dieselben einzuströmen und dadurch ist der kleine Kreislauf unterbrochen. · (Ich wäre geneigt, dieser Erklärung noch das weitere, auch von Nysten hervorgehobene Moment beizufügen, dass nämlich in Folge der Ausdehnung durch das Gas die Kontraktionsfähigkeit des Herzens gehemmt werde.) *) Die Lungen fand man stets gesund. Der Tod ist ein plözlicher, mehr oder weniger schnell bei verschiedenen Thieren, eine Minute bis höchstens eine halbe Stunde nach dem Eindringen der Luft, unter Schreien, unregelmässiger, mühsamer, konvulsivischer Re-

---

*) Uebereinstimmend hiemit spricht sich auch Ollivier (in dem schon' oben citirten Artikel des *Dict. de méd.*) über die Ursache dieser Todesart aus. Er sagt: eine von Nysten abweichende Ansicht haben Leroy d'Etiolle (*Arch. gén. de méd. t. III*) und Piédagnel (*Journ. de physiol. 1829*) geäussert; dieselben glauben dass der Grund des Todes nicht in der plözlichen Unterbrechung der Circulation durch die Anhäufung und Ausdehnung der Luft in den rechten Herzhöhlen liege, sondern im Lungenemphysem. Er läugne nicht, dass diese Ursache auch zur Herbeiführung des Todes beitragen könne in Fällen wo das Individuum nicht plözlich sterbe. [Ist das Lungenemphysem in solchen Fällen überhaupt anatomisch nachgewiesen? In den mir zugänglichen Quellen ist nirgends etwas davon bemerkt.] Es sei augenscheinlich dass hier alle Erscheinungen hervorgerufen werden durch die plözliche Aufhebung der Circulation, durch die Unmöglichkeit des Rückflusses des Blutes in die rechten Herzhöhlen, welche übermässig ausgedehnt sind durch die in sie eingedrungene und mehr oder weniger expandirte Luft. Dies scheine ihm die wahrhafte Ursache des schnellen Todes zu sein. Auch Magendie (*Journ. de physiol. T. I*) sei zu denselben Schlüssen wie Nysten geführt worden. Das Ganze ist eine rein mechanische Wirkung.

spiration oder allgemeinen Konvulsionen ; der Tod erfolgt schneller bei vorher geschwächten als bei ganz gesunden Thieren ; bei ganz plözlichem Tod stürzen die Thiere zusammen wie vom Bliz oder von dem Schlag einer Keule getroffen. — Dieselben Erscheinungen finden wir wieder bei den durch spontanen Lufteintritt in die Venen während einer Operation Verstorbenen. In jenem Falle von Dupuytren, wo nach dem hörbaren Eindringen der Luft die Kranke unter dem Schrei: ich bin des Todes! leblos zusammenstürzte, heisst es: das rechte Herzohr war von Luft ausgedehnt, die ihm eine elastische Spannung gab, und beim Einschneiden seiner Wandungen entwich diese Luft in grosser Menge, unvermischt mit Blut. Dessgleichen in dem Falle von Ulrieh, berichtet in der Berliner medicin. Zeitung: „Der Kranke sinkt plözlich in Ohnmacht, leichte konvulsivische Zuckungen im Gesicht, dann Opisthotonus, blasses Gesicht, kleiner zitternder Puls, seltenes Athmen, Tod nach einer Minute. Der rechte Herzvorhof ausgedehnt, elastisch, sinkt auf einen Einstich zusammen, die Luft ist entwichen ohne einen Tropfen Blut." Unter 10 durch die Sektion konstatirten Fällen dieser Art, welche A. aufzählt, war bei 8 die Luft in den rechten Herzhöhlen, zuweilen auch noch in der Hohlader angesammelt, zweimal nicht im Herzen, sondern das eine Mal in den grossen Venen, das andere Mal in der Aorta. Die zwei lezteren Fälle hält A. selbst für zweifelhaft. Wenn man, fährt A. fort, bei der Sektion eine grössere Quantität Luft im rechten Herzohr und Ventrikel und Luftblasen in den Hohlvenen und der Lungenarterie findet, so kann man mit Sicherheit behaupten, dass die Luft die Ursache des schnellen Todes gewesen. — Endlich führt A. eine Reihe von Fällen auf, wo nach dem Eindringen von Luft in die Venen bei Operationen ähnliche schwere Zufälle entstanden, aber nach kürzerer oder längerer Dauer mit Genesung endigten. Hiemit übereinstimmend hatte auch schon Nysten bei seinen Versuchen gefunden, dass Einführung kleinerer Quantitäten Luft nur vorübergehende Störungen herbeiführte.

Somit haben wir nun **drei Reihen** konstatirter Beobacht-

ungen: die Experimente an Thieren mit Lufteinblasen in die
Venen, die Todesfälle nach spontanem Lufteintritt bei Operationen und die von uns gesammelten Beobachtungen von plözlichem Tod mit Luftansammlung im Herzen. Diese drei Klassen
von Fällen zeigen, wie wir gesehen haben, in allen ihren Erscheinungen, sowohl vor als nach dem Tode, eine so durch-
gehende Uebereinstimmung, dass sie einander vollständig decken
und in ihrem ganzen Hergange als völlig identisch anzusehen
sind. Der Schluss aber der sich aus unserer ganzen bisherigen
Betrachtung in Betreff des eigentlichen Gegenstandes unserer
Untersuchung, wir dürfen wohl sagen, mit Nothwendigkeit ergiebt, ist der: dass in den von uns zusammengestellten
Fällen das nach dem Tode im Herzen und den Gefässen gefundene Gas schon im Leben vorhanden war
und die nächste Ursache des schnellen Todes, in
derselben Weise wie es die von aussen in die Circulation eingedrungene Luft thut, abgab. — Da, wie
wir oben gesehen haben, der Tod bei Ansammlung von Luft im
Herzen höchst wahrscheinlich immer nur auf einer rein mechanischen Wirkung, einer mechanischen Hemmung der Circulation, beruht, so bemerke ich hier noch ausdrücklich dass ich
vollkommen mit Nysten einverstanden bin, wenn derselbe
sagt, *) in Fällen wo man in den Blutgefässen der Leiche nur
einige Luftblasen fand, so dass man dieser Luft vernünftiger
Weise keinen lebensgefährlichen störenden Einfluss auf den Blutlauf beimessen könne, in solchen Fällen sei es nicht erlaubt,
selbst wenn man sonst keine andere Todesursache bei der
Leichenöffnung finde, den Tod auf Rechnung jenes Umstandes
zu sezen.

Sehen wir obigen Saz als ausgemacht an, so ist die nächste
Frage die uns beschäftigen muss, die über die Quelle und
Entstehungsart jenes Gases. Hiebei sind wohl nur zwei
Möglichkeiten denkbar: entweder ist jenes Gas atmosphärische
Luft die von aussen herein in die Circulation gelangte, oder

---

*) A. a. O. S. 167.

hat sich dasselbe spontan aus dem Blute selbst entwickelt. War es atmosphärische Luft? Die Frage kann, da keine chemische Analyse des Gases existirt, nur auf Umwegen beantwortet werden. In allen uns vorliegenden Fällen war nirgends eine Wunde vorhanden, nirgends eine Oeffnung durch welche die Luft direkt, wie dies bei den Operationen geschieht, ins Innere des Blutgefässsystems hätte gelangen können. *) Ihre

---

*) Aus diesem Grunde geschah es auch, dass wir den von Herrn Dr. Hedinger uns mitgetheilten, S. 13 erzählten Fall von der Tabelle ausschlossen, insofern hier eine Lungenperforation vorhanden war, durch welche möglicher Weise die stark gepresste Luft Eingang in das Gefässsystem hätte finden können. Obschon keinerlei Spuren und Anzeigen von einem geöffneten Blutgefässe vorhanden waren und die anatomischen Verhältnisse einer geborstenen Vomica hiezu überhaupt nicht günstig zu sein scheinen, so kam mir in dem vorliegenden Falle doch der Umstand etwas suspekt vor, dass, abweichend von allen anderen, die sehr beträchtliche Gasansammlung in der linken Herzhälfte sich befand.

Nun wird aber, ausser dem bekannten Vorgange bei Operationen am Hals und oberen Theile der Brust, von einzelnen Schriftstellern noch eines anderen Umstandes gedacht, bei welchem atmosphärische Luft in die Blutcirculation eindringen und in derselben Weise den Tod herbeiführen kann: und wir dürfen, glaube ich, um keine Lücke in unserer Darstellung zu haben, die Sache hier nicht unerwähnt lassen. Es hatte nämlich, wie Amussat in seiner mehrgedachten Schrift anführt, Legallois †) an drei Kaninchen mit welchen er experimentirte, bald nachdem sie geboren hatten, den Eintritt von Luft durch die Uterusvenen und in Folge dessen ihren plözlichen Tod beobachtet; er fand das rechte Herzohr voll von Luftblasen, ebenso die V. cava inf. bis herab zum Eintritt der Uterusvenen und leztere selbst. Er erwähnt dabei dass Chomel einmal in seinen klinischen Vorlesungen die Vermuthung ausgesprochen habe, ob nicht der so häufige, oft ganz unerwartete Tod frisch entbundener Frauen in einzelnen dieser Fälle dem Eindringen von Luft aus der Gebärmutter in die Blutgefässe zuzuschreiben sei. Amussat selbst findet es nicht unmöglich dass man diesen Hergang durch denselben Mechanismus, wie für die von ihm bezeichnete gefährliche Operationsregion, erklären könne, nämlich durch die Respirationsbewegungen, die sich bis in den Uterus durch das Ab- und Aufwärtsweichen der Eingeweide fühlbar machen, so dass in dem leeren noch nicht zusammengezogenen Uterus eine Anziehung von Luft durch die noch klaffenden Gefässe seiner Wandungen stattfinden könne, wenn auch weniger leicht als

†) *Journ. hebdom.* 1839.

Aufnahme konnte also nur durch direkte Absorption der Luft, und dann wohl nirgends anders als auf der Bronchialschleimhaut der Lungen, stattgefunden haben — eine Hypothese die, so viel mir bekannt, so ziemlich allgemein verlassen ist. Ausserdem macht D e c h a m b r e in seinen Bemerkungen zu dem Durand-Fardel'schen Falle *) mit Recht darauf aufmerksam, dass, wo man im Arteriensystem keine Luft findet, dagegen in den

am Hals, und so dieselben Erscheinungen hervorrufen. Er überlässt den Praktikern, indem er sie darauf aufmerksam macht, diese wichtige Frage zu weiterer Aufklärung. — Denselben Gegenstand bespricht Dr. H e l f f t in Berlin. †) Er erwähnt gleichfalls der Beobachtungen von Legallois, und meint es sei wohl möglich dass der Eintritt von Luft in die sehr weiten Oeffnungen der Venen, nach Lostrennung der Placenta, den unerwarteten Tod der Wöchnerin bewirke; nicht selten kontrahire und expandire sich der Uterus mit bedeutender Energie nach Austreibung des Fötus, und es könne daher sehr wohl geschehen dass hiebei Luft in die offenen Mündungen der Gefässe mit eingesogen werde. Dieser Ansicht huldige besonders C o r m a c k.††) S i m p s o n †††) gebe folgende Erklärung über den Mechanismus des Lufteintrittes in solchen Fällen: „Das Innere der Fläche des Uterus ist, zumal an den Stellen wo die Placenta gesessen, besäet mit Oeffnungen von Venen; wenn nun die Luft in die Höhle des Uterus einströmt, in Folge der Erschlaffung seiner Wandungen, so kann sie sehr wohl in diese Oeffnungen und von dort in die allgemeine Blutmasse gelangen, sobald der Uterus, wenn er sich wieder kontrahirt, nicht im Stande ist seinen Inhalt wieder durch den Muttermund hinauszutreiben." (Simpson scheint wirklich einen oder mehrere derartige Fälle beobachtet und, wenn auch nicht im Herzen, so doch in den VV. uterinae, der V. hypogastrica und cava inf. schaumiges Blut gefunden zu haben.) Uebrigens scheinen, sezt Helfft hinzu, diese Fälle jedenfalls zu den Seltenheiten zu gehören, indem Collins, Murphy und andere sehr beschäftigte Geburtshelfer nie in Folge des Eintritts von Luft in die Venen des Uterus eine Wöchnerin sterben sahen. — Uns genügt es diesen Gegenstand hier berührt zu haben, und wir empfehlen denselben auf's Neue, als sehr beachtenswerth, der Aufmerksamkeit der Geburtshelfer.

†) *H e l f f t, von den Folgen des Eintritts der Luft in die Venen des Uterus, in: neue Zeitschr. f. Geburtsk. 30. Bds. 3. Hft. 1851.

††) *Dissertation on the presence of air in the organs of circulation. Edinb. 1837. (Ich habe mich bemüht diese Schrift selbst zur Hand zu bekommen, sie ist aber nicht im Buchhandel erschienen.)

†††) *Edinb. monthly Journ. Apr. 1849.

*) *Gazette méd. de Paris 1851. N. 50.

Venen der Peripherie, wie gerade in dem genannten Falle, sich diese Erscheinung bei einem Eintritt der Luft durch die Venenwurzeln des Lungenparenchyms nicht erklären liesse. — So führt Alles auf die Annahme hin, dass das Gas im Blute selbst sich entwickle, und zwar durch einen eigenthümlichen, von der Fäulniss unabhängigen Zersezungsprocess.

Wir wollen nun im Folgenden, an der Hand der durch die vorliegenden Kranken- und Sektionsgeschichten gelieferten Thatsachen, die weiteren Verhältnisse dieser pathologischen Erscheinung untersuchen.

In welchen Theilen des Gefässsystems ist das Gas verbreitet und wo nimmt dasselbe seinen Ursprung? In voller Uebereinstimmung mit den Ergebnissen der Tödtung durch von aussen in das Venensystem eingedrungene Luft finden wir in unseren Fällen das Gas entweder ausschliesslich oder jedenfalls sehr überwiegend in den rechten Herzhöhlen und in einer grösseren oder kleineren Parthie des Venensystems angesammelt, wie ein Blick auf die obige Tabelle uns lehrt. Nur zweimal, im Falle 2 und 3 (Grätz und Ruysch), finden wir eine Ausdehnung des ganzen Herzens erwähnt, ohne Unterscheidung seiner beiden Hälften; bei der sehr kurzen, summarischen und etwas unvollständigen Beschreibung des Sektionserfundes dieser beiden Fälle liegt aber die Vermuthung nahe, dass auch hier ein bei dem ungewöhnlichen und unvorbereiteten Erfunde vielleicht unbemerkt gebliebener Unterschied zwischen der Anfüllung beider Hälften, und wahrscheinlich zu Gunsten der rechten, stattgefunden habe. Dessgleichen ist in den zwei ersten Fällen von Ollivier (NN. 6 und 7 der Tabelle) in den freilich sehr gedrängten Sektionsberichten ohne nähere Beschreibung das „Herz und die in dasselbe einmündenden Gefässe von Gas ausgedehnt" angegeben. Unter den übrigen 9 Fällen war sechsmal die Gasansammlung ausschliesslich im rechten Herzen, und dreimal (NN. 1, 5 und 12) fand sich auch im linken Herzen etwas Luft, aber jedesmal viel weniger als im rechten. Während somit in sämmtlichen Fällen Luft im Herzen angesammelt war, und zwar fast ohne Ausnahme entweder ausschliesslich oder vorzugsweise in der rechten Hälfte desselben, ist, mit Ausnahme zweier (NN. 2 und 3), auch noch eine weitere Verbreitung des Gases in den übrigen Theilen des Gefässsystemes erwähnt, und zwar einmal (Nr. 8) in der Lungenarterie, in allen anderen Fällen ausschliesslich in den Venen (dreimal über den grössten Theil des gesammten Venensystems verbreitet — NN. 1, 4 und 11 —, bei den übrigen vorzugsweise in den grösseren Venenstämmen in der Nähe des Herzens und in den Lebervenen). Wenn wir, wofür wenigstens alle Analogie spricht, die Gasansammlung in den „einmündenden Gefässen des Herzens" bei den beiden ersten Fällen von Ollivier gleichfalls blos auf die grossen Venenstämme beziehen, so haben wir unter unseren Fällen kein einziges Beispiel von Vorkommen des Gases in dem Körperarteriensystem. — Nach allem diesem sind wir zu der Annahme berechtigt, die wohl als bindender Schluss aus dem Bisherigen hervorgeht: dass die spontane Entwicklung des Gases im Venenblute und zwar vorzugsweise im peripherischen Theile des Körpervenensystems ihren Ursprung nimmt.

Fragen wir ferner nach der chemischen Natur dieses Gases — in der Ueberzeugung dass eine Aufklärung über dieselbe vom grössten Werthe für die Förderung der Einsicht in die Natur des ganzen noch so räthselhaften pathologischen Prozesses wäre —, so geben uns leider die vorliegenden Akten hierüber so gut als keinen Aufschluss. Ich habe in der von mir durchsuchten Literatur nur zwei hieher gehörige Bemerkungen gefunden. In dem von Celle berichteten Falle wird, wie schon bei der Erzählung desselben (S. 24) angegeben wurde, erwähnt, dass das die untere Hohlader bis zur Grösse eines Darmes ausdehnende Gas mit blauer Flamme, ohne einen Geruch zu verbreiten, gebrannt und dadurch zur Vermuthung Veranlassung gegeben habe, es sei Wasserstoffgas. Da aber jener ganze Fall, wenigstens in dem uns vorliegenden Auszuge, wie wir uns oben schon darüber ausgesprochen, an mangelhafter und ungenügender Darstellung leidet und, in vielen Stücken abweichend, in eine andere Kategorie als die übrigen Fälle zu gehören scheint, so dürfen wir meines Erachtens auf diese Angabe für die Beantwortung unserer Frage kein Gewicht legen. — Eine zweite Bemerkung fanden wir bei Ollivier in dem mehrerwähnten Artikel des *Dict. de méd.*, wo er, nach Erzählung der zwei ersten von ihm beobachteten Fälle, in Betreff der Natur jenes Gases den Ausspruch thut: „dasselbe ist wahrscheinlich Stickstoff", ohne alle weitere Begründung und blos auf einen Aufsaz von J. Davy verweisend. *) Dieser aber, der die Luft eines Pneumothorax analysirt und dieselbe grösstentheils aus Stickstoff bestehend gefunden, auch einige Versuche über die verschiedene Absorptionsfähigkeit der Pleura für verschiedene Gase angestellt hatte, spricht in dem angezogenen Artikel nur beiläufig die Vermuthung aus, dass die Luft die man öfters in den Blutgefässen und in geschlossenen Höhlen finde, wahrscheinlich gleichfalls Stickstoff und nicht Kohlensäure sei. — In dem Fall von Nasse (S. 25) ist von einem widrigen Kothgeruche den die geöffnete Brusthöhle und insbesondere das aus dem Herzen entleerte Gas gezeigt habe, die Rede. Dieser Geruch konnte aber wohl, um so mehr als schon entschiedene Fäulniss an der Leiche sich angesezt hatte, durch Mittheilung von der Bauchhöhle aus, deren Därme strozend mit Luft angefüllt waren, entstanden sein. In allen übrigen Fällen findet sich von einem Geruche des Gases nichts erwähnt. — Wir wissen also auf dem Wege der Beobachtung so gut wie nichts über die chemische Natur dieses Gases; theoretisch liegt die. Annahme nahe, es könnte am ehesten kohlensaures Gas sein, das ja, nach Magnus, im Venenblute in beträchtlicher Quantität sich vorfindet. So lange aber der direkte Beweis fehlt, bleibt Alles nur Vermuthung und Voraussezung, statt welcher wir gewiss besser thun einfach unser Nichtwissen zu bekennen, mit dem festen Vorsaze bei der nächsten sich darbietenden Gelegenheit — wozu bis jezt merkwürdiger Weise

---

*) *Philosoph. Transact. of the R. Soc. of London, 1823, Part. II, P. 496—517. Observations on air found in the pleura, in a case of pneumothorax; with experiments on the absorption of different kinds of air introduced into the pleura. By John Davy.*

noch nie ein Versuch gemacht worden ist — eine Auffassung des Gases behufs seiner chemischen Untersuchung, wenn immer thunlich, nicht zu versäumen. — Möglich ist es auch, dass das Gas nicht immer dasselbe, sondern in verschiedenen Fällen ein verschiedenes ist.

Betrachten wir die äusseren Bedingungen unter welchen bei den von uns konstatirten Fällen der plözliche Tod durch spontane Gasentwicklung im Blute eingetreten ist, so stossen wir hier auf die verschiedensten Verhältnisse. — Beide Geschlechter sind gleich vertreten: unter den 12 Erwachsenen welche unsere Tabelle aufführt, sind 6 männlichen und 6 weiblichen Geschlechtes. — Alter. Unter den 13 Gestorbenen befindet sich ein Kind, dessen Alter nicht näher angegeben ist; ferner ein Mädchen von 14, ein junger Mensch von 18, zwei Mädchen von je 21 und 22, ein Mann von 45, einer von 50, eine Frau von 56 Jahren. In 5 Fällen endlich lautet die Bezeichnung nur: Mann oder Frau, was keinen weiteren Schluss erlaubt als dass dieselben dem erwachsenen Alter angehörten. Mit Ausschluss des Greisenalters und der früheren Kindheit (denn das Kind dessen Geschichte Ollivier erzählt, konnte jedenfalls schon sprechen), finden wir somit alle Altersperioden vertreten; mit Ausnahme des einzigen Kindes gehörten alle Individuen dem Jünglings- oder Mannesalter an. — Was endlich den dem Anfall vorausgegangenen Zustand betrifft, so ergeben unsere Fälle hierüber Folgendes. Der Anfall tritt entweder ohne alle Vorboten, ohne vorausgegangene Krankheit, bei bis dahin ganz gesunden Personen ein. Wir finden dies ausdrücklich bemerkt in dem Falle von Ollivier (Nro. 7 der Tabelle); dasselbe scheint bei der Kranken von Ruysch (N. 3) stattgefunden zu haben; mehr oder weniger wahrscheinlich, aber wegen Mangels genauerer Angaben nicht nachzuweisen, ist dies auch in den Fällen von Pechlin und Grätz (NN. 1 und 2); ferner gehört hieher die Beobachtung von de Jaer (N. 4), dessen Kranker periodischen Asthmaanfällen unterworfen war und einem derselben unterlag, wobei von dem Beobachter die Annahme geltend gemacht wird, dass sämmtliche

Asthmaanfälle dieses Kranken auf einer Luftentwicklung im Blute beruht haben; so wie der Fall von Durand Fardel (N. 11), dessen Kranke ausser einem mit Herzhypertrophie verbundenen habituellen kurzen Athem bis zum tödtlichen Anfalle vollkommen gesund war; endlich der dritte Fall von Ollivier (N. 8), wo die Kranke zwar kurz zuvor ein Fieber (dessen Natur nicht näher bestimmt ist, das den angegebenen Erscheinungen zufolge vielleicht ein leichter Typhus war) überstanden hatte, nach völlig erloschener Krankheit aber nur noch mit einiger Rekonvalescentenschwäche behaftet war. Oder aber stellte sich der Anfall im Verlaufe einer wirklichen Krankheit ein, und diese war in einem Falle (N. 5) Säuferwahnsinn, in einem anderen (N. 6). Masern, in einem dritten (N. 10) Karbunkel, in drei Fällen endlich (NN. 9, 12 und 13) Typhus, und zwar das eine Mal ein leichter der Reconvalescenz naher Typhus, das andere Mal das erste Stadium eines leichten Typhus und das dritte Mal ein in der Besserung begriffener Typhus mittleren Grads. Zu bemerken ist noch, dass keiner von allen diesen Kranken, bevor der tödtliche Anfall über ihn kam, in einem schweren für lebensgefährlich taxirten Zustande sich befand, die Mehrzahl im Gegentheil nur ganz leicht erkrankt war. Die betreffenden Krankheiten selbst sind so verschiedener Natur, dass sich aus ihnen ein gemeinsamer pathologischer Charakter als Grundlage für die Disposition zur Entstehung jener eigenthümlichen Erscheinung wohl nicht entdecken lässt; als beachtenswerth können wir allein die Thatsache hervorheben, dass unter sechs Fällen wo der tödtlichen Gasentwicklung im Blute eine anderweitige Krankheit vorherging, dieselbe dreimal, also in der Hälfte der Fälle, ein Typhus war; woraus, wenn so kleine Zahlen eine Schlussfolgerung überhaupt gestatten, auf eine vorzugsweise Disposition des Typhus zur Entwicklung der fraglichen Erscheinung geschlossen werden könnte.

Endlich habe ich meine Aufmerksamkeit auch auf den Zustand, d. h. die gröbere physikalische Beschaffenheit, des Blutes in der Leiche gewendet. Nur in 7 Fällen, unter unseren 13, hat dieser Punkt in den Sektionsberichten eine Erwähnung gefunden, wie unsere Tabelle es aufweist. Hienach findet sieh in drei Fällen (NN. 8, 11 und 13) ein durehaus flüssiger Zustand des Blutes notirt, viermal dagegen (NN. 5, 9, 10 und 12) flüssiges Blut neben mehr oder weniger Kruor- und Faserstoffgerinnseln, leztere zum Theil in beträchtlicher Quantität. Weitere besondere, von dem Gewöhnliehen abweieh- ende physikalische Merkmale des Blutes sind nirgends erwähnt. Es ergiebt sieh also aus der Besehaffenheit des Blutes so wenig als aus der vorausgegangenen Krankheit irgend ein gemeinsamer besonderer Charakter als ätiologisehes oder begleitendes Moment der fraglichen Erscheinung.

Gilt es uns als eine nicht mehr zu bezweifelnde Thatsache, dass unter besonderen, wenn aueh bis jezt unbekannten, Ver- hältnissen und Einflüssen im lebenden Menschen eine Entbind- ung von Gas aus dem Venenblute erfolgt, die, in Begleitung von ziemlieh konstanten Erseheinungen, einen rasehen Tod her- beiführt, so drängt sieh in sehr natürlicher Weise die weitere Frage auf: findet eine solche Gasentwieklung im Blute nicht auch zuweilen ohne tödtliehen Aus- gang Statt? — Von positiven diese Frage bezeiehnenden Angaben finden wir in der von uns aufgeführten Literatur nur die einzige (S. 24 erwähnte) von Nysten, welcher das Zeug- niss des alten Wundarztes Joubert und des Professor Pey- rilhe, eines Zeitgenossen von Nysten, beibringt, dass beide wiederholt bei Aderlässen Luftblasen mit dem Blut heraustreten sahen, wobei lezterer versiehert dass in diesen Fällen der Kranke von der Aderlässe viel mehr Erleiehterung erfahren habe als sonst bei gewöhnliehen Aderlässen. Obgleieh das nicht ausdrücklich bemerkt ist, darf, meines Erachtens, bei dieser Angabe angenommen werden, dass wenigstens ein Theil der Kranken welche die genannte Erseheinung darboten, mit dem Leben davonkam. Besizen wir nun aueh keine weitern that- sächlichen Belege für die Beantwortung obiger Frage, so sind wir, wie ich glaube, sehon a priori bereehtigt es als sehr wahrscheinlieh anzunehmen dass besagter Process, wenn das Gas, welehes, wie wir oben gesehen haben, um eine tödtliehe

Wirkung hervorzubringen, in einer gewissen Menge vorhanden sein muss, nur in geringer Quantität sich entwickelt und unter Begünstigung sonstiger Umstände (als eines kräftigen, widerstandsfähigen Organismus, eines weniger raschen und massenhaften Eindringens des Gases in das Herz u. s. f.) da und dort auch nur vorübergehende Störungen verursacht, das freigewordene Gas im Blute wieder aufgelöst und so die ganze Störung durch den Organismus überwunden und beseitigt wird. Diese Vermuthung erhält eine wesentliche Bestärkung in dem analogen Hergang bei dem Eintritt atmosphärischer Luft in die Blutbahn, sei es bei Operationen, sei es bei physiologischen Experimenten an Thieren, indem wir oben (S. 48) schon erwähnt haben, wie nach Nysten und Amussat in einer Reihe von physiologischen sowohl als chirurgischen Beobachtungen die betreffenden Individuen nach nur vorübergehenden Störungen, unter mehr oder weniger schweren und denen der tödtlichen Fälle ähnlichen Erscheinungen, mit dem Leben davon kamen. — Vielleicht wird man, bei grösserer Aufmerksamkeit auf den Gegenstand, zu weiteren direkten Beobachtungen gelangen, deren Gelegenheit freilich durch den Umstand sehr beschränkt ist, dass bei günstigem Ausgang die Anwesenheit von Luft im Blut wohl auf keinem anderen Wege als durch eine Aderlässe konstatirt werden kann. Vermuthungen, nimmt man die Sache einmal für möglich und richtig an, werden sich da und dort anbringen lassen können. So ist es bei dem Kranken von De Jaer, der seit lange mit periodischem Asthma behaftet war und in einem solchen Anfalle starb, nicht unwahrscheinlich dass jedem Anfalle der Art eine Gasentbindung im Blute zu Grund lag, bis die lezte durch ihre grössere Quantität ihn tödtete. Wir haben ferner in dem ersten von mir selbst beobachteten Falle gesehen (S. 1), dass die Kranke zwei Tage vor ihrem Tode einen Anfall von Konvulsionen mit stöhnendem Athem bekam, der nach viertelstündiger Dauer spurlos verschwand, aber grosse Aehnlichkeit mit dem lezten tödtlichen Anfalle hatte und in seiner Entstehung ganz unerklärt blieb. Hier liegt, wie ich meine, gleichfalls die Vermuthung nicht fern, dass eben dieser erste Anfall, wie der lezte, von Gas im Blut herrührte, wegen geringerer Quantität des Gases aber wieder vorüber ging.

Schenken wir endlich noch eine kurze Betrachtung der Häufigkeit des Todes durch spontane Gasentwicklung im Blute, wobei freilich unsere Rechnung mit unbekannten Grössen und Vermuthungen zum Theile in der Luft hängt. — Wenn wir in unserer Tabelle aus der Literatur der lezten zwei Jahrhunderte 13 unzweifelhafte Fälle beisammen finden, so darf dies doch schon als ein Beweis angenommen werden, dass besagte Todesart nicht zu den ausserordentlichen Seltenheiten gehört. Jene 13 Fälle sind aber noch weitaus nicht die Gesammtzahl derer welche die Literatur uns bietet; wir müssen noch einen guten Theil derjenigen hinzurechnen, welche wir aus unserer Tabelle ausgeschlossen haben, sei es wegen zweifelhafter Natur des Falles sei es wegen mangelhafter Darstellung derselben. So haben wir im ersten Theile dieser Abhandlung gefunden, dass Otto zweimal an Leichen die Ausdehnung des Herzens von Luft beobachtet hat (S. 15); in dieselbe Kategorie gehören die Beobachtungen von Valsalva (S. 18) und die zwei Fälle von Testa (S. 24), so wie der zweite Fall von Herrich und Popp (S. 31), welche alle gleichfalls mit Entschiedenheit den specifischen Leichenerfund konstatiren; der zweite Fall von Morgagni (S. 20) und der erste Fall von Herrich und Popp (S. 31) erscheinen mir desshalb etwas zweifelhaft, weil die Fäulniss in der Leiche schon weit vorgeschritten war. Endlich erinnern wir an die von Nysten angeführte Erfahrung De Jaer's (S. 23), welcher vor seiner entscheidenden in unserer Tabelle (Nr. 4) aufgenommenen Beobachtung schon zu wiederholten Malen bei Personen die an konvulsivischem Asthma gestorben waren, Gasansammlung im rechten Ventrikel gefunden, dieselbe aber, ehe er eines bessern belehrt war, für ein Fäulnissprodukt genommen hatte. Wir dürfen nach allem diesem zu jenen 13 Fällen mindestens noch ein halbes Duzend hinzurechnen. Ziehen wir ferner in Betracht die geringe Beachtung welche die Sache bis jezt in der Wissenschaft und Praxis gefunden hat, hinzugerechnet die flüchtige, leicht zu übersehende Natur des Erfundes selbst, so wie die Neigung Gasansammlungen in der Leiche überhaupt für Fäulnissprodukte anzusehen, so wird die Annahme nicht gewagt erscheinen, dass der fragliche Erfund da und dort der Beobachtung entgangen und unerwähnt geblieben ist. — Nehmen wir endlich auch noch auf das von uns so eben vindicirte Vorkommen von Gasentwicklung im Blute ohne tödtlichen Ausgang Rücksicht, so glaube ich zu der Behauptung berechtigt zu sein, dass spontane Gasentwicklung im Blute des lebenden Menschen zwar immerhin noch zu den selteneren Erscheinungen gehört, aber doch weit häufiger vorkommt als man bisher vermuthet und geahnt hatte. Ich hege die lebhafte Ueberzeugung, dass die Zahl der hieher gehörigen Fälle, sobald nur die Aerzte dem Gegenstand grössere Aufmerksamkeit schenken, sich in Kurzem wesentlich vermehren werde.

Wir müssen den Gang unserer Untersuchung, ehe wir zum lezten Abschnitt derselben übergehen, hier für einen Augenblick unterbrechen, um, der Vollständigkeit halber und unserem Versprechen gemäss, der Anwesenheit von Luft in den Gefässen des Gehirns noch eine kurze Betrachtung zu schenken.

Wir haben schon im ersten Abschnitt (S. 21) gefunden, dass Morgagni bei der Beurtheilung seiner zwei selbst beobachteten Fälle das Hauptgewicht eben auf die Luftansammlung in den Gefässen des Gehirns als die nächste Todesursache legt und sofort noch eine Reihe fremder Beobachtungen (von Brunner, Fabritius u. s. f.) zur Bestätigung aufführt. Wir haben dagegen diese Fälle von den anderen vorerst ausgeschieden und sie in unserer weiteren Untersuchung aus dem Spiel gelassen, wegen ihres abweichenden und zum Theil zweifelhaften Charakters, und uns eine besondere Besprechung darüber vorbehalten.

Was ich aus eigener Beobachtung darüber weiss, ist einfach Folgendes. Bei zahlreichen Sektionen der verschiedensten Art erinnere ich mich von jeher Luftblasen in den Venen der Pia mater auf der Oberfläche des Gehirns gesehen zu haben, bald in grösserer bald in kleinerer Menge, oft nur einzeln zer-

streute Bläschen, die sich durch Druck auf das Gefäss in dem
Kanal desselben fortschieben liessen, oft eine ganze Reihe von
Bläschen, perlschnurförmig aneinander gereiht, durch schmälere
oder längere Zwischenlagen von Blut von einander getrennt.
Ohne gerade nach einer nähern Erklärung über den Ursprung
dieser Luft zu forschen, habe ich die Sache als etwas Gewöhnliches und jedenfalls ohne pathologische Bedeutung angesehen.
Später erfuhr ich dass diese Luftblasen von dem zufälligen Zerreissen einzelner Gefässe bei der Oeffnung des Schädels her-
geleitet werden, indem in die zerrissenen Gefässe Luft von aussen
eindringe, eine Erklärung welche, wie wir oben gesehen haben,
auch Herrich und Popp geltend machen. Mir erschien diese
Erklärung um so plausibler als besagte Erscheinung von jeher
den Eindruck von etwas Zufälligem und Werthlosem auf mich
gemacht hatte.

Dieses einmal als ausgemacht betrachtet, können wir in
Bezug auf die Beurtheilung und Deutung derjenigen Fälle in
welchen ein plözlicher schlagartiger Tod von Luft in den Gehirngefässen abgeleitet wird, am besten dem Urtheile von Nysten,
das auch Ollivier als das richtige anerkennt, folgen. Nach
Nysten *) hatte schon Bonnet (in seinem Sepulchretum) und
später Bichat auf die Anwesenheit einiger Luftblasen in den
Gefässen des Gehirns als Todesursache grosses Gewicht gelegt.
Lezterer war, gleichfalls mit Bezug auf die Morgagni'schen Fälle,
der Ansicht dass bei dieser Todesart der Tod nicht vom Herzen
sondern vom Gehirn ausgehe **). Dagegen statuirt Nysten,
indem er den Irrthum von Bichat zurückweist, die Anwesenheit
von Gas in den Blutgefässen des Gehirns nur dann als Todesursache, wenn dieses Gas in hinreichender Menge vorhanden
ist um hemmend auf den Blutlauf im Gehirn einzuwirken und
einen Druck auf die wichtigeren Theile des Organs auszuüben.
Es stüzt sich diese Ansicht auf das Ergebniss der Experimente
mit Luftinjektion in die Arterien. Wie bei den Venen

---

*) a. a. O. S. 167 ff.

**) *Bichat, Rech. physiol. sur la vie et la mort. 3e édit. Paris 1803,*
p. 167—170.

so wirkt auch bei den Arterien das Eindringen von Luft blos
mechanisch, obgleich mit verschiedenen Effekten. Die einzigen
Arterien in welche man bei lebenden Thieren Luft injicieren kann,
sind die Schenkelarterie und Carotis. Im ersteren Falle beobachtet man gar keine bemerkenswerthe Wirkung bei der Injektion
einer gewissen Quantität Luft; aber man begreift dass, wenn
es gelänge eine beträchtliche Menge Luft in die Schenkelarterie
zu treiben, dieselbe am Ende in die Venen, von da in das Herz
gelangen und so dieselben Zufälle hervorrufen könnte wie die
unmittelbare Injektion in die Venen. Anders ist es bei der
Luftinjektion in die Carotis. Nysten hat gefunden dass konstant
alle Erscheinungen von Apoplexie eintreten, vorausgesezt dass
eine beträchtlichere Quantität Luft in das Gehirn gelangt ist;
denn man bemerkt gar keine sichtbare Wirkung, wenn man nur
eine kleine Menge injicirt, der Behauptung von Bichat entgegen.
Der durch jene Luftinjektion hervorgerufenen Apoplexie unter-
liegt das Thier meist erst nach einigen Stunden. Sezt man das
gewaltsame Eintreiben von Luft in die Carotis fort, nach dem
Eintritt der apoplektischen Erscheinungen, so gelangt die Luft
endlich in das Venensystem, kommt ins Herz und tödtet das
Thier rasch, wie bei der Injektion durch die Venen *).

Wenn es somit entschieden ein zufälliges und werthloses,
wahrscheinlich von Zerreissung der Gefässe bei der Sektion
herrührendes Vorkommen von Luft in den Gehirngefässen giebt
und dieser Zustand jedenfalls der häufigste ist, so liegt dagegen
nach dem Bisherigen kein Grund vor, der uns abhalten könnte,
auch eine krankhafte Gasansammlung in den Blutgefässen des
Gehirns zu statuiren, die an diesem Prozesse sicher ebenso gut
sich betheiligen können als alle andern Venen des Körpers.
Es können selbst Fälle vorkommen wo die krankhafte Gasentwicklung und Ansammlung auf die Blutgefässe des Gehirns sich
beschränkt; um aber solche Fälle anzuerkennen und insbesondere
den apoplektischen Tod von jener Luftansammlung abzuleiten,
muss vor Allem die leztere eine bedeutende sein und eine starke

---

*) Ollivier, a. a. O. S. 73—74.

Ausdehnung und Spannung der betreffenden Gefässe verursachen. Ohne Zweifel gehört der eine oder andere der von Morgagni u. A. dafür ausgegebenen Fälle wirklich in diese Kategorie.

Wir haben im Vorhergehenden eine Reihe von Krankheits- und Todesfällen zusammengestellt, in welchen, unter den verschiedensten Verhältnissen, ohne nachweisbare und erkennbare besondere Ursachen und Einflüsse, eine spontane Gasentwicklung im Blute stattgefunden hatte. Nun giebt es aber noch eine zweite Reihe von Erfahrungen bei welchen derselbe Vorgang unter ganz bestimmten Einflüssen sich vorgefunden hat, nämlich die Gasentwicklung im Blute bei gewissen Vergiftungen. — Was ich hierüber beizubringen im Stande war, ist Folgendes.

1) Hydrophobie. Wir haben schon im ersten Theil dieser Abhandlung (S. 22) erwähnt, dass Morgagni zwei Fälle aufführt, den einen von Mead, den andern von Brechtfeld, wo in den Leichen an Wasserscheu Verstorbener das Herz von Luft ausgedehnt gefunden wurde. Dessgleichen scheint Schurig Luft in den Gefässen eines wüthenden Hundes beobachtet zu haben; ich finde nämlich in Plouequet's grosser medicinischer Bibliothek *) folgende Aufführung: Schurig, Sialog. p. 286 („*aër in vasis canis rabidi*“). Endlich wurde von Struthers **) in einem Fall von Hydrophobie „schaumiger Zustand des Blutes in der rechten Herzhälfte“ gefunden und dabei auf ähnliche Beobachtungen von Morgagni und Trolliet verwiesen. — Wir haben somit eine Reihe von verschiedenen Zeugnissen welche keinen Zweifel darüber lassen, dass die Hydrophobie zuweilen von Gasentwicklung im Blute begleitet ist, die möglicher Weise in einzelnen Fällen sogar die nächste Todesursache abgeben kann.

2) Strychnin. In Stuttgart kam im Juli 1836 ein Fall

---

*) *Plouquet, Initia bibliothecae medico practicae etc. Tom. I. Tubing. 1793. Pag. 55.*

**) *Monthly Journ. Jan. 1851.* — *Schmidt's Jahrb. 1852. Nro. 1. S. 52.

von Vergiftung durch Strychnin vor, beobachtet und beschrieben von Dr. Blumhardt *).

Ein junger Mensch von 17 Jahren hatte, in der Absicht sich zu tödten, etwa 2 Skrupel reines Strychnin auf einmal genommen. Er verfiel bald darauf in die fürchterlichsten tetanischen Krämpfe, wobei, da auch die Respirationsmuskeln von dem Starrkrampf befallen waren, ein suffokatorischer Zustand sich entwickelte, das Gesicht aufgetrieben und dunkelviolet, die Lippen u. s. w. schwarzblau wurden, alle Gefässe der Haut von venösem Blute überfüllt waren und die Haut des ganzen Körpers einen bläulichen Schein bekam. Kurze Zeit vor dem schon anderthalb Stunden nach dem Giftgenuss sich einstellenden Tode wurde auch noch die sehr aufgetriebene Medianvene des linken Armes geöffnet, „wobei sich die merkwürdige Erscheinung zur Beobachtung darbot, dass, nachdem sich der erste Strom des gerade in dieser Vene enthaltenen dickflüssigen, dunkelschwarzen und theerartigen Blutes entleert hatte, sich auf angebrachten Druck a u s d e r A d e r l a s s w u n d e e i n e R e i h e r u n d e r G a s b l ä s c h e n von der Grösse einer Erbse bis zu der einer kleinen Kirsche entwickelten, deren Erscheinen sich bei jedem ferneren Druck wiederholte." — Bei der Sektion, 20 Stunden nach dem Tode bei sehr heisser Witterung vorgenommen, waren an dem Leichnam kaum Spuren von Fäulniss zu bemerken. Von der Beschaffenheit des Blutes in der Leiche wird angegeben, dass es vorzugsweise in der äusseren Haut, der Gehirn- und Rückenmarkshöhle angehäuft, dagegen Brust- und Bauchhöhle sammt dem Herzen und den grossen Gefässen blutarm waren, dass es ferner dickflüssig, nicht geronnen, dunkelschwarz und theerartig gewesen; von einem Gasinhalte desselben wird im Sektionsberichte nichts erwähnt.

Hier haben wir also wieder einen Fall von Gas im Blute der während des Lebens mittelst der Aderlässe entdeckt wurde; dies sei aber, erwiderte mir auf meine mündliche Erkundigung Herr Stadtwundarzt Dr. H a h n dahier, der jene Venäsektion gemacht hatte, das einzige Mal gewesen dass er bei einer Aderlässe — unter tausenden von ihm gemachten — Gas mit dem Blute habe ausströmen sehen; und Herr Dr. Hahn ist der Mann dessen Beobachtung eine solche Erscheinung nicht leicht entgehen könnte.

Herrn Professor G r i e s i n g e r verdanke ich folgende zur Veröffentlichung an dieser Stelle freigegebene Mittheilung.

„Einem grossen Hunde waren einige Gran salpetersauren Strychnins, in Wasser aufgelöst, in den Mastdarm injicirt worden; der Tod erfolgte nach 8—10 Minuten unter den gewöhnlichen tetanischen Erscheinungen. Der

---

*) ‘Würt. med. Corresp.-Blatt, 1837, N. 1.

Körper wurde sogleich geöffnet. Der Pfortaderstamm enthielt ein mit 4—5 grösseren Luftblasen gemischtes Blut; im Blut des Herzens oder anderer Körperstellen fand sich keine Luft. — Bei Versuchen über die Wirkungen des Fuselöls, die ich früher einmal mit Herrn Prof. Schlossberger machte, erinnere ich mich dass ein Luftgehalt des Pfortaderblutes auch einmal bei einem der vergifteten Thiere vorkam; ich kann aber das Nähere des Falles nicht mehr angeben."

3) Chloroform. Herr Oberamtsarzt Dr. Majer in Ulm gibt im Württ. med. Corresp.-Blatt *) den Bericht über einen Fall von plözlichem Tod nach Chloroformeinathmung, der in genannter Stadt im Juni 1851 vorkam.

Er betraf eine 32jährige, sonst gesunde Frau, die vor dem Ausziehen eines Zahnes sich chloroformiren lassen wollte. Nach 4—5 mässigen Inhalationen „bejahte sie die Frage des Wundarztes, ob sie noch kein Ohrenklingen verspüre, in auffallend zitterndem, zugleich auch Röcheln ankündigendem Tone, dehnte heftig ihre Glieder, ihr Gesicht wurde bläulich, die Angen starr, Kopf und Arme sanken herunter, und kaum noch einige Male zuckend lag sie binnen eines Augenblickes todt in den Armen ihres Mannes." Die Leichenöffnung wurde 25 Stunden nach dem Tode. bei einer Temperatur von 15°, gemacht. Todtenstarre und Leichengeruch fehlten fast gänzlich; ausser reichlichen Todtenflecken und Aufgetriebensein des Gesichtes nnd Halses waren sonst noch keine weiteren Anzeichen von Fäulniss bemerkbar. Bei Ablösnng der Kopfschwarte drang, besonders bei Durchschneidnng der durch die Emissaria Santorini heraustretenden Venen, anffallend schanmiges Blut hervor. Die Gefässe der harten und weichen Hirnhaut waren mit zahlreiche Luftblasen enthaltendem Blute überfüllt, die Blasen theilweise so gross dass sie mit den Fingern hin und her bewegt werden konnten. Das Gehirn, ausser etwas vermehrtem Blutreichthnm, normal. Beim Durchschneiden der Carotis cerebr., so wie der Art. vertebr. ergoss sich ebenfalls dünnflüssiges, Luftblasen vor sich her treibendes Blut. Wo überhaupt Blut zum Vorschein kam, war es durch eine dünnere Konsistenz und auffallend dunkelkirschrothe Farbe ausgezeichnet. Das Herz von normaler Grösse und Lage, die Kranzgefässe strozend von mit zahlreichen Luftblasen vermischtem Blute, beide Herzvorhöfe aufgetrieben, jedoch nicht durch Blut, sondern Luft; im rechten Vorhofe, im rechten und linken Ventrikel nicht eine Spur von Blut, im linken Vorhofe ein kleiner Löffel voll. Leber und Nieren sehr mit schaumigem, dunkelkirschrothem Blute überfüllt. Das

---

*) Plözlicher Tod nach Chloroformeinathmung wegen einer beabsichtigten, jedoch nicht ausgeführten Zahnoperation. Mitgetheilt von Oberamtsarzt Dr. Majer in Ulm. Würt. med. Coresp.-Blatt. Bd. XXI. 1851. S. 211 ff.

wenige Blut, das in der unteren Hohlader sich vorfand, entwickelte stets
Luftblasen. Ausserdem fanden sich alle Organe normal, mit Ausnahme
einer dichten blauröthlichen Injektion der Schleimhaut der Luftröhre und
einer Blutüberfüllung des unteren Theiles beider Lungen. Von Fäulniss
waren im Innern der Leiche nur wenig Spuren. Geruch nach Chloroform
konnte nirgends wahrgenommen, dagegen bei einer chemischen Untersuchung des Blutes dessen Chloroformgehalt nachgewiesen werden.

Nach diesem Erfunde äussert sich der Verf. selbst in Bezug
auf die nächste Todesursache folgender Massen. Das glaube er
mit Bestimmtheit sagen zu können, dass der Tod im vorliegenden
Falle nicht, wie Stanelli (in seiner Schrift: Was ist der Chlor-
oformtod etc.) in den meisten Fällen annehme, durch Erstickung
vermittelst vermehrter Schleim- und Schaumanhäufung in der
Mund- und Rachenhöhle und dadurch bedingter Verschliessung
der Stimmrize, sondern durch Hemmung des Lungenkreis-
laufes herbeigeführt worden sei, ganz analog dem Tode
nach Lufteintritt in die Venen und — sezen wir hinzu
— ganz analog den von uns beobachteten und gesammelten
Fällen von plözlichem Tod durch spontane Gasentwicklung im
Blute. In der That hatte die Verbreitung des Gases in diesem
Falle einen seltenen Grad erreicht und sogar auch auf das
Arteriensystem sich erstreckt.

Dieser Fall steht übrigens nicht als der erste noch einzige
da, in welchem Luft im Blute nach Chloroformvergiftung gefunden wurde. In der Sammlung von Berend *) bin ich
auf folgende fünf, bei welchen mehr oder minder dieselbe Erscheinung stattfand, gestossen.

1) †) Eintritt des Todes mit Blizesschnelle. Beide Herzhöhlen vollkommen leer, schaumiges Blut oder vielmehr blutiger Schaum am Orificium
der V. cava ascendens. In den Venen auf der Oberfläche des Gehirns zahlreiche Luftblasen. Auch aus der rechten Carotis sah man, als sie einge-
schnitten war, etwas mit Luft gemischtes Blut hervortreten. Bei Eröffnung
der linken VV. saphena und cruralis entwich die Luft sprudelnd mitten aus
einem sehr schwarzen, sehr flüssigen und reichlichen Blute; vor ihrer Oeffnung waren diese Venen gespannt und angeschwollen. Beim Einschneiden
der Leber entwich die Luft sprudelnd aus ihren Gefässen mit dem schwarzen

*) Berend, zur Chloroform - Casuistik Hannover 1850.
†) Fünfter Fall der ersten Reihe. S. 21—28. — *Gaz. méd. de Par.* 1848. NN. 23
und 46.

flüssigen Blute das sie anfüllte. Die Untersuchung des Blutes von Regnault ergab dass sich dasselbe nicht im Zustand der Fäulniss befand. Das Urtheil der Pariser Académie de Médecine sowohl als des operirenden Chirurgen Garré ging dahin, dass die spontane Entwicklung von Gas im Blute („das wahrscheinliche Ergebniss einer unter den gegebenen Umständen statthabenden, noch unerklärten Wirkung der ätherischen Mittel auf das Blut") die einzige oder wenigstens eine der Todesursachen gewesen sei.

2) *) Eintritt des Todes 6—7 Minuten nach Beginn der Inhalationen. Herz blutleer, die Ventrikelwände sind nur von einem feinen, sehr rothen Schaume angefeuchtet.

3) **) Eintritt des Todes mit Blizesschnelle. Ein Einstich in das linke Herzohr liess schwarzes flüssiges Blut, mit einem Entweichen von Luftblasen verbunden, ausfliessen.

4) ***) Tod in der Nacht nach der Operation; den ganzen Tag grosse Schwäche des Kranken, in der Nacht plözlicher Tod ohne Agonie. Die Lungen emphysematös und die rechten Herzhöhlen und grossen Venen mit gashaltigem Blute angefüllt — „wie bei einem ähnlichen Todesfalle durch Aether" — sezt der Berichterstatter (Robert) hinzu.

5) †) Tod 17 Stunden nach der Operation. In den Venen der Herzwandungen, den Lungenvenen und den Verästlungen der Lungenarterie, in Leber, Milz, Nieren und den grösseren Venenstämmen der Extremitäten das schwarze wässerige Blut mit einer dichten Menge von Luftbläschen untermischt. — Dieser Fall der (wie ohne Zweifel auch der vorige) nach Langenbeck's Urtheil eine sogenannte chronische Chloroformvergiftung war, liefert den Beweis dass anch bei dieser Form Luftentwicklung im Blute stattfindet.

Ich habe es für überflüssig gehalten die Literatur der Chloroformvergiftungen noch weiter zu verfolgen. Das Bisherige genügt wohl für unsern Zweck, indem es den Beweis abgiebt dass unter dem Einflusse tödtlich wirkender Chloroformeinathmungen häufig eine Luftentwicklung im Blute vorkommt. Dasselbe scheint, nach zwei oben aufgeführten Aeusserungen zu schliessen (ich selbst habe den Quellen hierüber nicht weiter nachgeforscht), wenigstens in einzelnen Fällen auch bei Tod nach Aetherinhalation beobachtet worden zu sein. Ich erlaube mir nur noch die Bemerkung, dass es mir wahrscheinlich ist dass besagtes Phänomen bei Chloroformvergiftungen noch häufiger vorkommt

---

*) Sechster Fall der ersten Reihe. S. 29—33. *Gaz. méd. de Par.* 1849. NN. 7—17. *Arch. gén. de méd. Aout* 1849.

**) Siebenter Fall der ersten Reihe. S. 33—37. — *Gaz. méd. de Par.* 1849. N. 42.

***) Dritter Fall der zweiten Reihe. S. 66—67. — *Gaz. des hôpit.* 1849. P. 438.

†) Achter Fall der vierten Reihe. S. 111—115. — Deutsche Klinik 1850. N. 7.

als die Berichte davon sprechen. Die Sektionserfunde sind nicht immer genau gegeben, und die Luftansammlung im Herzen oder anderen Theilen des Gefässsystems kann den oberflächlichen, mit dieser Erscheinung nicht zuvor bekannten Beobachtern wohl da und dort entgangen sein. Es fiel mir in dieser Beziehung insbesondere die öfters vorkommende Angabe von dem leeren und zusammengefallenen Zustande des Herzens auf, die den Verdacht auf entwichene Luft stark nährt.

Freilich sind auch beim Chloroform Versuche gemacht worden die Luft von aussen hereinkommen zu lassen. So ist der Beobachter und Berichterstatter des oben unter Nr. 3 angeführten Falles, Confeuron, Hospitalarzt zu Langres, nachdem er mit Entschiedenheit die Entstehung jenes Gases aus Fäulniss abgewiesen hat, geneigt die Luft in den Gefässen eher von seinen eigenen kräftigen Versuchen zur Hervorrufung künstlicher Respiration nach dem Tode der Patientin, als von dem Zerreissen der Lungenvenen in Folge von starken Inspirationen der Kranken selbst abzuleiten *). Es werden, glaube ich, nach allem Bisherigen meine Leser die Ueberzeugung mit mir theilen, dass es solcher gewaltsamer Erklärungen nicht bedarf und wir es eben hier unter dem Einflusse des Chloroforms mit einem jener Zustände zu thun haben, in welchen eine bestimmte, von der Fäulniss durchaus verschiedene und unabhängige, von Gasentwicklung begleitete Zersezung oder Umstimmung des Blutes erfolgt. Leztere ist beim Chloroform, wie es scheint, überdies noch, ausser der Anwesenheit von Gas, durch ziemlich konstante Veränderungen in der physikalischen Beschaffenheit des Blutes (Dünnflüssigkeit, schwarze Farbe u. s. w.) charakterisirt, was wir bei unseren anderen Fällen vermisst haben. — Steht aber einmal diese Thatsache fest, so ist es ebenso unzweifelhaft, dass in einem Theil der Fälle von Tod durch Chloroform die nächste Ursache desselben eben in jener Gasentwicklung begründet ist, zum mindesten in allen denjenigen wo das Gas im Herzen sich dermassen ansammelt dass es die

---

*) Berend, a. a. O. S. 36.

Blutbahn sperrt. Es ist hier entfernt nicht unsere Aufgabe, auf die Ergründung des Wesens der Chloroformwirkung und des Chloroformtodes, über die schon so viel verhandelt worden ist, näher uns einzulassen; wir begnügen uns vielmehr auf dieses eine Moment aufmerksam zu machen, das bis jezt, wie es uns scheint, von den Meisten nicht nach Verdienst hervorgehoben worden ist, während man sich dagegen sonst in allen möglichen Vermuthungen und Kontroversen über die Chloroformfrage erschöpft hat.

Hat es sich in dem Bisherigen um spontane Gasentwicklung im Blute unter dem Einfluss von Vergiftungen oder anderen wenig bekannten Umständen gehandelt, wobei wir den Grund dieser Erscheinung stets in einer, wenn auch in ihrem Wesen nicht näher aufgeklärten, Konstitutionserkrankung, einer allgemeinen Erkrankung des Blutes zu suchen hatten, so ist in neuster Zeit eine weitere Art von Gasentwicklung im Innern des Gefässsystems bekannt gemacht worden, die ihren Grund, im Gegensaz zu dem bisher von uns Betrachteten, in einem örtlichen Zersezungsprozesse hat. Die Beobachtung stammt von Dr. Maisonneuve. Derselbe hat der *Académie des Sciences* zu Paris in ihrer Sizung vom 12. September 1853 *) eine Abhandlung mitgetheilt über eine gewisse Art von Wundbrand, der er den Namen *gangrène foudroyante* giebt, bei welcher faulige Gase im Innern der Venen während des Lebens des Kranken sich entwickeln können, die dann mit dem Blute circuliren und eine rasch tödtliche Vergiftung hervorrufen, aber ohne dass dieser Vorfall, troz seiner ausserordentlichen Schwere, den Hülfsmitteln der Kunst absolut unzugänglich wäre. Diese *gangrène foudroyante* besteht nach M. in der raschen Desorganisation welche sich der einer gewaltsamen Verlezung unterworfenen Glieder bemächtigt und in Zeit von 24 bis 36 Stunden den Tod des Kranken nach sich zieht. Sie bildet sich in der Regel in Folge mit Wunden komplicirter Frakturen, insbesondere

*) *Gaz. méd. de Paris.* 1853. Nr. 38.

wenn die verwundende Gewalt durch ihre Heftigkeit eine tiefe Zerstörung der Gewebe hervorgerufen hat, oder auch wenn die bedeutenden Blutextravasate in den Weichtheilen in direkter Berührung mit der äusseren Luft sich befinden. Das aus den Gefässen getretene Blut oder vielmehr die zermalmten Gewebe gehen dann, indem ihnen die organischen Bedingungen zur Fortsezung des Lebens fehlen, unter dem Einfluss von Wärme, Luft und Feuchtigkeit in Fäulniss über. Ihre schnelle Zersezung giebt Veranlassung zur Bildung von fauligen Gasen, die in das Zellgewebe sich ergiessen und deren zerstörende Berührung das Leben der durch die Erschütterung bereits abgestumpften Theile vollends vernichtet. All diese Ursachen vereinigt geben der Fäulnissgährung eine furchtbare Macht; sie zieht in ihrem zerstörenden Weiterschreiten auch die gesunden Theile mit herein; die Muskeln, das Zellgewebe, die Gefässe werden tödtlich getroffen. Aber der Mortificationsprozess findet hier noch nicht seine Gränze. In den sphacelirten Venen gerinnt das Blut; das Gerinnsel, an der allgemeinen Zersezung theilnehmend, geht in Fäulniss über und erzeugt gährend faulige Gase. Diese, in die Gefässwandungen eingeschlossen, durchbrechen die schwachen Anheftungen des Blutpfropfs und dringen bis zum flüssigen Blute, mit dem sie sich vermischen und, in die Circulation aufgenommen, den Tod in das innerste Getriebe des Organismus tragen. — M. erzählte, zum Beleg für das Vorgetragene, die Geschichte zweier derartiger von ihm beobachteter Fälle, deren einer tödtlich endigte, während er in dem anderen dem Kranken das Leben retten konnte durch alsbaldige Amputation des von der genannten Gangrän befallenen Gliedes. Während der Operation sah er deutlich, in dem Augenblick wo das Messer die grossen Venen durchschnitt, Luftblasen mit dem Blut aus ihren klaffenden Oeffnungen entweichen, und die anatomische Untersuchung des abgetragenen Gliedes bestätigte vollständig seine Diagnose.

So weit der Bericht über die Mittheilung von Maisonneuve. Ob dieselbe seitdem in ihrer ganzen Ausdehnung als eigener Artikel in einem der französischen Journale erschienen; ist mir nicht bekannt. Jedenfalls ist sie aller

Beachtung werth und durfte als die neueste Beobachtung über
Gaserzeugung im Innern des Gefässsystemes in unserer Zusammenstellung nicht fehlen, um so mehr als sie eine neue,
von den übrigen Arten abweichende Quelle jenes Vorganges
erschliesst. Wir erlauben uns nur, für den Fall dass, woran
kaum zu zweifeln, die Beobachtung von M. sich bestätigt, darauf aufmerksam zu machen dass jene aus fauliger Gährung
erzeugten Gase, wenn sie in die Circulation aufgenommen sind,
nicht allein, wie M. ihnen zuzuschreiben scheint, vergiftend auf
den Organismus wirken werden, sondern unter Umständen, besonders wo sie in grösserer Menge vorhanden sind, sicher auch,
in derselben Art wie in den von uns betrachteten Fällen, durch
Ansammlung im rechten Herzen auf mechanische Weise einen
plözlichen Tod herbeiführen können.

In dem Index der betreffenden Numer der *Gazette méd.*
ist dem von Maisonneuve beschriebenen Prozesse ein in Klammern
beigefügter Name gegeben: *„Pneumohémie putride.“* Im Texte
selbst wird dieses Wort nicht gebraucht; ich weiss darum nicht,
stammt die Benennung von Maisonneuve oder von der Redaktion
des Blattes her; auch ist mir nicht bekannt, ob das Wort
„Pneumohemie“ schon zuvor von Andern als Bezeichnung für
den mit Gasentwicklung im Blute verbundenen krankhaften Zustand gebraucht worden ist; mir ist dasselbe in der Literatur
des betreffenden Gegenstandes nirgends aufgestossen. Abgesehen
davon dass es unzweifelhaft falsch gebildet ist, insofern das
Wort Pneuma (Luft) in seinen Zusammensezungen nicht in
Pneumo- verwandelt werden darf, das vielmehr Lungen be-
deutet *), hat mir die Schöpfung dieses neuen Namens keineswegs missfallen, und obschon er etwas Piorryisch klingt, reiht
er sich doch völlig analog und ebenbürtig an die anderen in
der Kunstsprache der Pathologie längst eingebürgerten verschiedenen Aemien und vor Allem an das Wort Pyämie an,
lezterem überdies in Beziehung auf die Erkenntniss des damit

----

*) Die Analogie mit Pneumothorax darf nicht geltend gemacht werden;
denn auch dieses Wort ist unrichtig gebildet, und der rechte Name dafür
ist Pneumatothorax.

bezeichneten krankhaften Blutzustandes wenig oder nicht nachstehend.

War es der Zweck der vorliegenden Abhandlung, einer bis jezt noch wenig verbreiteten und anerkannten Erscheinung im Gebiete der Pathologie eine grössere Geltung und Würdigung zu verschaffen und derselben das Bürgerrecht im Systeme zu erwirken, so möchte es nicht unpassend sein, nach oben genanntem Vorgang, dem Kinde, behufs seiner erleichterten Aufnahme, auch einen Namen mitzugeben, den wir, mit Verbesserung des eben gerügten Fehlers, umzuwandeln vorschlagen in das Wort — Pneumathämie.